弥勒戦争

新装版

山田正紀

ハルキ文庫

JN181496

角川春樹事務所

目次

プロローグ

重く空を閉ざした暗鬱《あんうつ》な雲は、雨をいっぱいにはらみ、しかし、未《いま》だ一滴の水も地上に落としてはいなかった。あるいは地を這《は》い、あるいは瓦礫《がれき》の下を蠢《うごめ》いている生命《いのち》の多くが、水が欲しいという一念に支えられ、かろうじてその火を保っているというのに、雨はいっかな降ろうとしなかった。

この狭い島国ではついぞなかったことだが、遠くに、黒く地平線が見えていた。その地平線にいたるまでの大地は、焼けただれた瓦礫に埋めつくされ、むきだしになった工場の鉄梁《てつはり》と鉄棟だけが白く卒塔婆《そとば》のように残されていた。

静かだった。

今、この瞬間にも、夥《おびただ》しい数の生命が消えようとしているというのに、死者を送る誦経《ずきょう》の声も、親しい者の死を悼む泣き声さえも、そこには聞こえていなかった。時おり、焼け落ちる家屋が物理的な音をたてることはあったが、この恐ろしいほどの静寂をかき乱すにはその音はあまりに非力だった。

動いている者がまったくいないではない。

揃《そろ》って皮膚をボロ切れのようにたらした一群が、ヨロヨロと風景をよぎっていった。血に染まり、肉塊のようになりながら歩いていく男もあった。全身を――多分、内臓までも焼《や》け爛《ただ》らせた女が、高い、澄んだ笑い声をあげながら歩いていった。そして、あちこちの倒壊家屋の下から、水をくれ、と手をのばす男女がいた。

だが、それらの様々な動きは、まったく生命を感じさせることがなかった。そのはずではあった。この都会そのものが、そっくり幽界に籍を移してしまっているのだから。

〈かれ〉だけが生きていた。いや、そこが幽界だったからこそ、〈かれ〉が生を享《う》けることができたのかもしれない。

〈かれ〉の存在は聴くことから始まった。ゴボゴボという呪詛《じゅそ》に似たつぶやきが、〈かれ〉に滲《にじ》んでいき、その存在を混沌《こんとん》のなかからしだいにえぐりだしていった。が、長い時間、〈かれ〉はその音のうえにたゆたっているだけで、音と己とを判別することさえできないでいた。

〈かれ〉の誕生を促したその音が、爆風に穿《うが》たれてできた巨大な穴にたまった重油が、メタンガスを噴きだしてたてているものだなどとは、知るよしもなかったのである。

そして――ふいに、視覚をえた。

〈かれ〉は自分が見ているものがなんであるのかまったく理解できないでいた。興味を持とうとさえしなかった。曇天、廃墟《はいきょ》、熱に膨脹した死体……そんなものに気をとられるには、あまりに誕生の驚きが大きすぎた。

が、〈かれ〉自身は、それを誕生とは考えてはいないようだった。曖昧模糊《あいまいもこ》としていたものが、ゆっくりと凝集していき、そこに自我《エゴ》のようなものが浮かびあがってきた時、

──還《かえ》ってきた。

という言葉が最初にきらめいた。

──五六億七〇〇〇万年がようやく過ぎたのだ。

〈かれ〉は自分が呪文《じゆもん》のように繰り返している〃還ってきた〃という言葉の真の意味をまだ摑《つか》めないでいた。摑めないではいたが、その言葉は〈かれ〉を酔わせ、歓喜で身を震えさせるのだった。〈かれ〉の意識は、すでに明晰《めいせき》なものになっていた。その存在にも、力がゆきわたっていた。

今はもう行動すべき時だった。

〈かれ〉は身を起こした。

ふいに荒野を吹き過ぎていった一陣の風が、様々な遮蔽物《しやへい》に行路を阻まれ、廃墟のあちこちに小さなつむじ風をつくった。壁と屋根だけを残してかろうじて建っていた一軒の家屋が、その風に均衡を崩され、ひしゃげて瓦解《がかい》していった。骨を鳴らしているような音が廃墟に反響《こだま》した。

〈かれ〉が歩きだすのとほとんど同時に、暗い空が雨を落とし始めた。粘りつく、黒く汚れた雨だった。

遠くに、円屋根の鉄梁をむきだしにしたドームが見えていた。

第一章　修　羅

1

排出物の臭《にお》いと、男たちの体臭がないまぜになったすさまじいほどの悪臭が、雑居房に重くよどんでいた。眼《め》を閉じたところで、その臭いを忘れることはできない。忘れることはできないが、いくらかでも耐え易《やす》くはなるようだった。

しかし、彼——結城弦《ゆうきげん》が、壁に背をもたせかけ、眼を閉じて座しているのは、決して悪臭に耐えるためではなかった。それは、寺で育てられた結城の、一種の習性のようなものであった。

実際、屎尿桶のアンモニア臭も、粗野で猥雑な同房の男たちも、結城には耐えなければならないというほどには気にならなかった。耐えるということを言うなら、結城は生まれてこの方それ以上は考えられないほどの峻烈な運命《さだめ》に耐えてきたし、その運命はこれからも耐え続けていくことを彼に要求しているのだ。いまさら、雑居房の臭気ぐらいのことで、なにを耐えなければならないと言うのか。

——その運命《さだめ》、か……。

結城の唇にフッと苦笑が浮かんだ。

運命とは聞こえのいい言葉だ。なにか崇高で、悲劇的な響きさえ含んでいる。実際には、それは、運命というより、むしろ体質と呼んだ方が相応《ふさわ》しいようなことなのだが。

——人間というやつは、自分を言葉で飾りたてずにはいられない動物らしい。

結城の苦笑は、ますます皮肉な、歪《ゆが》んだものになった。

ふいに声がかかった。

「兄さん、ニヤニヤ笑って、なにか面白いことでもあったのかね」

結城は眼を開けた。

こがらな、魯鈍《ろどん》そうな表情《かお》をした若い男が眼の前に立っていた。今朝入ってきたばかりの新入りで、大声で自己紹介をしていた男だが、むろん、結城は名前など覚えてはいなかった。

結城の眸《め》に、どんな表情も浮かんでこないと知ると、

「耳がないのか？　え？　返事ぐらいしたらどうだ」

男《はな》は居丈高になった。

最初から、いんねんをつけるつもりで話しかけてきたのだろう。自分が、どこにでもいる三下ではないことを、雑居房の先住者たちに思い知らせようという肚らしかった。痩《や》せた、いつでも憂鬱そうに黙りこんでいる結城は、デモンストレーションにはいかにも格好な相手に思えたに違いない。

「おい、なんとか言ったらどうだ」

男は腰を落として、結城の胸ぐらを摑もうとした。摑もうとはしたのだが、なにか電気に打たれでもしたかのように、その手を宙に止めた。

男はとまどっていた。結城の自分を見る眸《め》にとまどったのである。

男がなまじ喧嘩慣れしていたのがいけなかったのかもしれない。結城の表情が、たとえば怯《おび》えとか、怒りとか、闘志というような、男にとってなじみの深いものであったら、彼もそくざに次の行動に移ることができたろう。だが、結城の眸には、男の思ってもいなかった表情——悲哀、それも身体《からだ》の芯《しん》まで凍らせてしまいそうな悲しみの色が浮かんでいたのである。

「その若いのにかまうな」

誰かがどすのきいた声で言った。

結城の表情にすっかり戦意をそがれてしまっていたらしく、その声に救われたかのように、男は無言のまま自分の場所へと帰っていった。

結城は再び眼を閉じた。

——滓だ……。

なんの脈絡もなく、そんな言葉が結城の頭に浮かんだ。誰が滓だというのか。彼にいんねんをつけようとした男か、それとも、この雑居房に入れられている全員がそうだというのか。

——人間というやつがどうしようもなく滓なのだ。

結城は嗤《わら》った。無意味な生を営々と送っている人間という生き物に対する憐憫、そして、それを痛いほどに感じながら、彼らを救けてはならないという掟を破ることもできない自分に対する無力感——その双方が彼をして嗤わせたのだ。むしろ、自嘲にちかかった。不発に終った惨めないさかいに、雑居房の住人たちは不機嫌に沈黙した。その白けきった空気に迎合するように、なげやりな流行歌が房の壁を通って聞こえてくる。

〽星の流れに、身を占って
何処《どこ》をねぐらの、今日の宿……

この歌を聞くと、きまって結城の頭に一人の男の貌《かお》が浮かんでくる。結城と同じように、人間は滓でしかない、と断じ、しかも結城と違って、その滓の上に金の力で君臨しようとした男の顔が……。

——自殺する数日前から、あの男はいつもこの歌を口ずさんでいた、と誰かに伝えても多分信用はされまい……。

結城はそう思う。あいつが小さな声でこの歌を歌っているのを聞いた時、おれでさえも自分の耳を疑ったのだから……アプレ・ゲールの病理的合理主義者、ヤミ金融の学生社長と評されていたあいつが歌うにしては、この歌はあまりに恨みがましく、めめしくはなかったろうか。多分、こんな歌を歌っているあいつの姿など、見るべきではなかったのだろう。あの時から、おれは自分の仕事に疑問を持ち始めたのだ。本当に、こいつを自殺に追いこむ必要があるのだろうか、という疑問を……。

――だが、結局、おれは自分の仕事をやりとげた……

結城の脳裡には、青酸カリを飲み、机の上につっぷしているあの男の姿が焼きつけられていた。机の上に残されていた彼の遺書――死体は焼却し、灰と骨は肥料として農家に売却すべし、そこから生えた木が、金の成る木か、金を吸う木なら結構である……そこには、そう書かれてあったという。

ヤミ金融〈光クラブ〉の学生社長、山崎晃嗣を自殺に追いやったのはおれだ。あの冷徹な男が、ついに最後までその事実に気がつかず、自らの意志で死を選んだと信じ、青酸カリを飲んだのだ……結城は唇を血の出るほど嚙《か》みしめていた。

「結城弦――返事をしろ。釈放だ」

鉄格子のむこうから担当の声がかかった。

驚いて、結城は眼を開けた。聞き間違いではないかと思った。姓名や年齢をおざなりに尋ねられただけで、まだろくに取り調べも受けていないというのに……。

が、現実に、扉がガチャガチャと開かれて、担当が不機嫌な顔をのぞかせているのだ。

雑居房ががぜん騒がしくなった。

「どうして、あいつだけが出られるんだ」

「取り調べも受けてへんやないか」

「いんてりは特別あつかいか」

むろん、担当はそれらの声にとりあおうとはしなかった。出ろ、と結城にむかって顎をしゃくる。

うっそりと立ち上がって、結城は雑居房を出た。もちろん獄舎に入れられているのが好きなわけではないが、だからといって、出られて嬉しいとも思わなかった。あちらから、こちらへ身を移した——結城にとっては、ただそれだけのことなのだ。

短い拘留期間ではあったが、やはり雑居房の暗がりに慣れた眼には、五月の陽ざしは眩しすぎるようだった。緑がむせかえるように濃くなっていて、葉をそよがせる風が、ひどく爽《さわ》やかだった。

警察署の建物を出た結城は、しばらくその風に身をさらしていた。

「五月ももう終りだな……」

ボソリと独り言をつぶやくと、結城は舗道を歩きだそうとした。別に誰が待っているわけでもないが、とにかく下宿に帰って大の字になって寝てやろうと思ったのだ。

「結城さん……」

女の声が彼を呼び止めた。

振り返った結城の眼に、銀杏の木蔭から一人の女が歩き寄ってくるのが映った。

「きみか……」

それだけを答えると、結城は再び歩きだした。彼の表情が翳っている。きらきらとまばゆい五月の風景のなかで、彼一人だけがなにかうそ寒く見えた。

「ご挨拶ね」

女も歩きだした。歩調を合わせているようにも見えなかったが、結城に遅れるようなこともなかった。

髪を断髪にした、こがらな若い女だった。淡い鶯《うぐいす》色の着物に珊瑚《さんご》色の帯を締めているのが、陽光にさらされているような背景に鮮やかにはえている。顔の線はどちらかというと鋭角的だが、その切れ長の眸《め》に匂《にお》うような色香があった。

「拘置所はどうだった?」

細い肩をいからせて振り返ろうともしないで歩いていく結城に、女がからかっているような声で訊《き》いた。

「……」

結城は返事をしようとしなかった。あかじみたワイシャツの背中に、丸く汗が滲《にじ》んでいた。

結城が反応を示そうとしないのにかまわず、女は言葉を続けた。

「結城さんがお金に興味を持っているなんて初めて知ったわ……」

結城がようやく口をきいた。

「どういう意味だ?」

「どういう意味って……結城さん、ヤミ金融に関係していた、というじゃないの。光クラブの一員だったんだって？」

「という容疑をかけられただけだ。容疑が晴れたから、こうして外を歩いている」

「本当にそう思っているの？」

女はフフと含み笑いをした。結城が唐突に足をとめて、女を振り返った。表情が歪んでいる。

「藍《あい》。やはりきみが手を回したのか」

「歩きましょう。立ち止まっていると、お陽さまが眩しいわ」

藍と呼ばれた女は、結城の怒りを軽くいなした。

むっとした表情をしながら、それでも結城は歩きだした。

進駐軍のジープが二人を追い抜いていった。埃が舞い上がって、陽光とからみあう。

「喫茶店でも入りましょうか？　咽喉が渇いたでしょう？」

「たくさんだよ」

吐きすてるように結城は言った。

「GHQの将校に、寝物語のついでにでもきみは囁いた。俺を釈放してくれってね。おかげでおれは晴れて自由の身だ……そいつは感謝するが、このうえ奴《やっ》らの金でコーヒーなんか飲みたいとは思わない」

藍はけろりとして、結城の言葉を聞いている。面白がってさえいるようだった。

「私がなにか飲みたいのよ……ねえ、そこにでも入らない」

小さなミルク・ホールだ。もう氷水をやっているらしく、赤と青の旗が舗道にダラリとたれている。

結城の返事もきかないで、藍はさっさと店に入っていった。渋々、結城もその後に従う。

「光クラブの社長って、去年自殺した山崎って人でしょう?」

飴《あめ》をとかしたようなコーヒーを、スプーンでかき回しながら藍が言った。

「結城さんは、その学生社長の片腕として働いていたんじゃないかって……そういう容疑だったらしいのよ」

「それも、GHQの将校から聞きだしたのか」

「そんなところね……ねえ、どうしてヤミ金融なんか手伝う気になったの? それがどんなことであれ、社会の動きに参画するようなことをしてはならない、という裏小乗の教えを忘れたの?」

「……」

結城は黙ってコーヒーを飲んでいる。その教えを忘れていないからこそ、おれは〈光クラブ〉に潜り込んでいたんだ……そう返事をするのはたやすいことだったが、しかし、藍がなにも知らないでいるのなら、それにこしたことはない。

藍は小さなため息をつくと、

「実はね。私、薬草寺《やくそうじ》からあなたを自由にしてくれ、と頼まれたの……」

結城は顔を上げた。

「薬草寺から?……電報でもうってきたのか」

「ううん、東京に来ているのよ」

「東京に?」

と、結城が眉をひそめた時、ふいにラジオの音が大きくなった。氷かきの横に腰をおろして、しきりにラジオに聞きいっていた店の主人が、音量を大きくしたのだ。ニュースの時間らしく、アナウンサーの無機的な声が聞こえてくる。

《……三〇日に、皇居前広場で開催された人民総決起大会の参加者で、占領軍によって拘引された者は、これで八名にのぼるわけです。拘引理由としては、いずれも、占領軍を誹《ひ》謗《ぼう》したことがあげられ……》

この時期、それまで解放軍とさえ呼ばれていたGHQは、在日朝鮮人連盟の解散命令、政治的な集会・デモに対する干渉政策などを次々に公布し、ようやく支配者としての貌を明らかにし始めていた。だが、結城弦が釈放されたこの日、一九五〇年五月三〇日の時点では、これらの政策が総てきたるべき次の戦争の準備であったことに、日本国民のほとんどは気がついていなかった。日本国民がそれを知るのには、まだ一カ月の時を待たなければならなかったのである。

2

結城弦は新宿に住んでいる。

三光町の都電引込線にちかい露地裏で、四畳半の部屋を借りて、独りで生活しているのである。花園街、花園小町、引込線を挟んで二列に並んでいる新天地、歌舞伎町、歌舞伎小路、区役所通りの裏にある新宿センター……下宿の物干し台にあがれば、新宿の名高い売春地区が一望のもとに見渡せた。

二五歳を過ぎているとはいえ、結城はまだT大の文学部に籍を置く、れっきとした学生である。そのれっきとした学生である結城が住むには、やはり新宿という土地は、あまり相応しくない環境であると言えたろう。

が、結城に下宿を変える気持ちはさらさらない。一つには、彼なりに新宿の街を愛しているからであり、もう一つには、アルバイトの都合があったからである。自身に備わっているい特殊能力を利用して、結城は易者をして生活費を得ている。むろん、どうでもいいことばかりを選んで当てているのだが、それでも、新宿の女たちの間ではよく当る易者という評判が高い。戦災でも焼けなかった新宿文化の脇に、ひっそりと坐《すわ》っている結城の姿は、一帯でもちょっとした名物のようになっているのである。

懐の温かい時には、手相見で知り合った女を買うこともある。むろん、一階で酒を飲んだ後、女と一緒に二階へ上がる、というような贅沢《ぜいたく》が許されるほどに懐が温かいことはめったにない。食糧事情こそようやく緩和し始めたとはいえ、酒はまだまだ贅沢品なのである。花園街あたりで飲むビールは、一本が五〇〇円はする。一〇〇〇円もだせば、女と泊っておつりがくる、ということを考えれば、とても酒まで飲む気にはなれなくなる。そこで結城の遊興は、駅前のマーケットでカストリ焼酎を飲み、充分に下地をつくってから、花園街なり、新宿センターへくりだすというコースをたどることになる。

結城には希望もなければ、身を託すべき理想もない。無頼の生活を送っていると言えたろう……だが、裏小乗の独覚（どっかく）として生を享けた結城には、他のどんな生を選ぶこともできなかったのだ。

暗い眼、鋭く削げた頬、一直線に結ばれた生気のない唇――ある意味では、結城のいかにも虚無的な風貌は、この新宿という街にはよく似合っていたかもしれない。戦争を通過し、今、この街を歩かなければならないような青年には皆、多かれ少なかれ、結城と共通したにおいが漂っているからである。

が、同じ独覚でも、薬草寺だけはこの街には似合いそうもなかった。無髪の――といってもこれは禿げているのだが、子供のように小さな老人……薬草寺宗哲《そうてつ》が、すりきれた国民服を着こみ、ゲートルを巻いて、どういうつもりなのか古いベレーをかぶっている姿は、浅草小劇場あたりのストリップに出演しているコメディアンを、どうしても連想させてしまうのだ。

藍の話で、薬草寺が上京していることを知っていたから、下宿に勝手にあがりこんでいる老人の姿を見ても、結城はさほど驚きはしなかった。

一礼して、黙然と明りを点《とも》す結城に、

「面白いところに住んでいるんじゃな……」

老人が顔を皺だらけにして言った。自分も住みたそうな表情《かお》をしている。

「東京へは、どんなご用で来られたのですか」

お茶を入れながら、結城が訊く。

「うむ……ちょっと会わなければならん人間がおってな」

「ほう、誰ですか」

「いずれ、おまえも会うことになる人間じゃよ。が、まあ、名前はまだええ……それより、藍に聞いたんじゃが、警察に捕まっておったそうだな」

「はあ、光クラブの残党ではないか、という容疑で……そう言えば、拘置所から私が出られるようにと、藍にお命じになったそうで、おかげで救かりました……」

「なに、もともと光クラブに接近して、社長の山崎晃嗣を自殺に追いこめ、と命令したのはわしじゃからな。それに、おまえにはまだやってもらうこともあるし……」

歯のない口でニタニタと笑いながら、平然と老人は言った。

「……」

結城は沈黙した。おれにまだやってもらいたいことがある、だと……山崎の死に顔をまだ忘れてもいないこのおれに……。

結城の薬草寺を見る眼には、憎悪にちかい光が浮かんでいる。

確かに、独覚一族において、薬草寺の命令は絶対であった。彼は一族の長であるし、現在一〇人とは生き残っていない独覚たちのそのほとんどが、一時期をこの老人の手によって育てられていたからである。

日本に生き残っている独覚——正確には独覚と声聞《しょうもん》——は、薬草寺をのぞいて、全員が結城と同じ世代である。彼らの両親は、いずれも戦争で死んでいる。いや、戦争を好機とし、独覚一族の滅びの運命《さだめ》に殉じて、自ら死を選んでいったと言い換えた方がより正しいかもしれない。昭和一二年、蘆溝橋《ろこうきょう》で最初の銃声が鳴り響いたとたんに、独覚たちは先を争って死んでいったのである——その子供を薬草寺の手に託して……そして、その子供たちもほとんど、長じると同時に親と同じ運命を選んだのだった。

こうして、日本の独覚一族はほぼ全滅することができた——が、まだ薬草寺は生きている。結城も、そして藍も……。

滅びの運命《さだめ》から外れた行為であるかもしれない。が、時に、結城は薬草寺での暮らしをなつかしく想《おも》い出すことがある。K県の雲来郷に朽ち残ったように建っている薬草寺——昭和の初め頃に、宗哲が手を入れ、住みついた寺で、どの地方にでも残っている弘法伝説を隠《かく》れ蓑《みの》にし、表向きは弘法大師の像をまつってあることになっている。薬草寺という寺の名さえも、宗哲が薬学に精通していたことから、かつて病院を兼ねていたという薬師寺をもじったもので、総ては世間の眼をだますための方策でしかなかった……実際には、薬草寺は独覚一族の総本山であり、戦争中は、一族の子供たちが身を寄せる、疎開先でもあったのだ――結城がなつかしく想い出すのは、一族の子供たちが薬草寺で集団生活を送っていた頃のことである。そう、あの頃はまだ仲間が大勢生き残っていて……。

「なにを考えている?」

薬草寺が訊いてきた。

「死んでいった人間のことを考えています」

反射的に結城はそう答えていた。彼の思念はいまだ過去にとらわれていて、意識しないままに言葉が口を出た感じだった。

「山崎のことじゃな」

薬草寺は結城の答えを誤解したようだった。

「そうではありません」

結城は首を振った。山崎晃嗣のことは努めて思い出さないようにしている。

「儂を酷《ひど》い爺いだと思うか」

薬草寺が重ねて訊いてくる。

「どうしてですか」

「おまえは、山崎が好きだったはずだ。儂は、その好きな男を自殺に追いこめ、とおまえに命じた……」

「そんなことは考えたこともなかった……第一、私は山崎を好きだと思ったことはありません」

「ほう、それではきらいだったのか」

「実に、頭のいい男でした。少しよすぎたぐらいだ……頭のよすぎる男を好きになるのはむずかしい。かと言って、きらいになるには交際《つきあい》が短かすぎた……」

結城は自分が必要以上にかたくなになっているのを感じていた。かたくなになって、守らねばならないものなど、なにもないのに。

薬草寺はしばらく結城の顔を見つめていたが、やがてホッとため息をつくと、

「田舎に閉じ籠もっていると、世間のことを知るにはこんなものでも読むしかないんじゃが、な……」

手近に置いてあった汚れた鞄を引き寄せて、そのなかから一冊の雑誌を取り出した。表紙はなかばちぎれかかっていたが、『世界評論』という誌名だけはなんとか読み取れる。

「この雑誌に、〈常識への挑戦〉という一文が載っておってな。鬼間《おにま》広二《こうじ》という匿名の男が、山崎の死を悼んで書いた——まあ、一種の挽歌のような文章じゃが、これが、なかなか読ませる……なんでも、この鬼間という匿名の主は、山崎の友人だったということじゃが……」

「私が書いたんではないか、と言われるんですか」

「違ったろうか」

「違います」

結城はあくまでかたくなだった。

「そうか……それは残念じゃな」

「どうしてでしょう」

「考えてみれば、山崎という男も哀れなやつじゃった……独覚の資質を備えていたと言っても、隔世遺伝かなんかでポンと伝えられたもので、わが裏小乗とはなんの関わりもない男だった。なんの関わりもないから、世間と交わってはならない、黙って滅びていけ、という裏小乗の掟を知るはずもない……独覚の資質にしたところでな、問題にするほど濃く備わっていたわけではないらしい。普通だったら、あの程度の男がヤミ金融をして世間と交わっているぐらいのことは、放っておくところじゃが……」

「それじゃ、どうして山崎を自殺に追いこめなどと、私にお命じになったんですか」

さすがに結城は気色ばんでいた。一人の男を自殺させろと命じておいて、ことが終った後で、あの措置は必要なかったと言うのか。

「怖いな。そんな眼で儂を睨《にら》まんでくれよ」

と、いっこうに怖くなさそうな表情《かお》で、薬草寺は手を振って、

「人の話はよく聞くもんじゃよ。普通だったら、と儂はちゃんと断わったろうが」

「普通ではないんですか」

「ない……」

「どう普通じゃないんです?」

「裏小乗の掟が大きく破られようとしている……山崎程度の独覚さえも放っておけないほど、事情が悪化しつつあるんじゃよ。儂には見える――今、とてつもなく巨大な独覚が一人、世界を変えようと動き始めている。世に関わってはならぬ、という裏小乗の掟を無視してな……あの山崎晃嗣ぐらいの独覚でさえ、そいつの陣に加わることにでもなれば、儂たちにとっては恐ろしく手《て》強《ごわ》い敵に変貌することだろうて。だから、そうなる前に、気の毒じゃがあの男には死んでもろうた……山崎の死を悼むがええ。あの男の死を悼めば悼むほど、儂らにそんな方法をとらせたそいつを、より憎むことができようからな」

「そいつ？……そいつとは誰のことなんですか？　とてつもなく巨大な独覚とは、一体なんのことです？」

結城はそう訊かずにはいられなかった。

「いや、それはまだ話さん方がええじゃろう」

と、薬草寺は返事を濁して、

「ところで、一族に集合をかけたら、何人ぐらい集まろうかの？」

結城にそう訊き返してきた。

「私を含めて、四人というところでしょう」

苦笑しながら、結城は答えた。実際、薬草寺の人を食った態度には、苦笑でもするしかなかった。

「四人か……おまえと、藍それに……」

「小田切《おだぎり》誠《まこと》と、古在《こざい》昇一《しょういち》……いや、三人かもしれませんね。小田切は一族の人間と顔を合わせるのを嫌っている……私がやることというのは、集合をかけることなんですか」

「いや、それは儂の方でやる。おまえには可愛い娘さんに会ってもらう……」

「可愛い娘？……」

「そうじゃ。名前ぐらい聞いたことがあるじゃろうが。芷恵《しけい》という娘だ……」

「芷恵って、あのジャンヌ・ダルク……」

　思いがけない名だった。ＮＨＫの街頭録音で、一躍全国に知られた名だ。どうして占領政策に逆らうのか、というアナウンサーの質問に、芷恵という名のその娘はこう答えたのだ……占領政策に逆らっているわけではありません。私たちは在日朝鮮人の当然の権利を主張しているだけです。そして、私たちが私たちの権利を主張することは、そのまま日本国民の民主的諸権利を圧制者から守ることを意味しているのです――。

　ＮＨＫの街頭録音で最も有名なのは、なんといっても昭和二二年に放送された有楽町のパンパン〈ラクチョウお時〉のインタビューだろうが、この芷恵の声が放送された時もそれと同じぐらい、いや、それに勝るぐらいの反響を全国によんだのだ。しかし、その反響は彼女の主張によるものではなく、わずか二〇歳の美貌の娘が在日朝鮮人連盟の精神的支柱となって、政府の解散命令とたたかっている、という多分に野次馬的な興味によるものだった。いくつかのカストリ雑誌が、彼女の写真入りで、〈在日朝鮮人連盟のジャンヌ・ダルク〉などという記事をとりあつかい、野次馬的な世間の関心を、さらにあおっているようだ。

しかし、世間のそんな軽薄な関心とは関わりなく、確かに、弾圧の季節が在日朝鮮人のうえに再び巡ってきている――芷恵のインタビューが全国に流されたのは昭和二四年秋、朝連本部が実力で接収された直後のことだったが、それから一ヵ月とたたないうちに、今度は朝鮮人学校の閉鎖を命令されている。在日朝鮮人にとっては、まさしく解放軍以外の何者でもなかったはずのGHQの、この突然の変貌ぶりは誰が考えてもはっきりと異常であった――芷恵はその後、台東会館や品川支部を転々とし、日本政府とGHQの朝鮮人対策とたたかい続けているという……。

結城は芷恵という名を知っている。彼女が在日朝鮮人連盟の闘士だということも知っている。しかし、結城の彼女に対する興味は、新聞記事のうえにとどまる程度で、別に会って話をしたいとも思わない。それを、薬草寺はどうして芷恵に会えと命令するのか。

「それは、芷恵も独覚一族だからじゃよ」

結城の当然の疑問に答えて、薬草寺はそう言った。

「芷恵が……?」

結城は啞然《あぜん》とした。

「そうじゃ。ジャンヌ・ダルクと呼ばれているところなんか、いかにも独覚一族に相応しくはないかの……崔其年《さいきねん》という名前は知っておろうが」

「ええ、板門店の虎王廟《びょう》で『無嘆法経典』を守っている独覚の名ですね――」

と、結城はうなずいた。崔其年という独覚とはむろん会ったことはないし、『無嘆法経典』に関しても、裏小乗にとって非常に重要な経典であるとだけ知っていて、その内容は覗いたこともないのだが……。

「芷恵は崔其年の孫娘じゃよ。崔芷恵といってな……」

「ほう、それで芷恵と会って、私はなにをすればいいのですか」

「第一に、独覚の滅びの運命《さだめ》を思いださせるのじゃ。できるだけ早く、在日朝鮮人連盟の騒ぎから手を引くようにと、な……」

「……」

結城は沈黙した。〈光クラブ〉に潜り込んで、山崎晃嗣を殺させろ、と薬草寺に命じられた日のことを思いだしたのだ。

結城のその沈黙の意味を理解しているのかいないのか、薬草寺はさらに話を続ける。

「第二に、これは芷恵から其年に伝えてもらいたいことなのだが、『無嘆法経典』を持って虎王廟を出ろ、と……」

「崔其年が虎王廟を出る? どうしてですか」

「まだ、おまえはその理由《わけ》を知らなくともええ。ただ、そう其年に伝えてくれ、と芷恵に頼んでくれればいいんじゃよ」

「分りました」

そううなずいた結城の眼は、しかし、暗かった。その結城の暗い眼を、薬草寺はしばら

く凝視《みつ》めていたが、

「儂の話はこれで終ったが、おまえの方になにか話があるのと違うかな」

やがて、刺すような声でそう言った。

「ありません」

結城は首を振ったが、その眼の瞬きが、彼の言葉を否定していた。

「儂に隠すことはあるまい。なんじゃ？　言ってみなさい」

薬草寺は執拗だった。

結城は躊躇《ためら》った。躊躇って、窓の外に眼をやった。窓の外には、赤いネオンが点滅している。

「……滅びていくことが、独覚一族の究極の目的だということは理解できます……」

そのネオンの点滅に促されたように、結城はようやく重い口を開いた。

「しかし、自らの滅びが目的であるということは、言葉を換えれば、独覚の存在そのものが無意味であるということでしょう……その無意味な独覚が、無意味な掟を保持するために、他者の生に干渉する。いや、裏小乗の家系に生まれた者なら、生を限定され、掟に縛られるのもやむをえないでしょう。しかし、山崎晃嗣のような本来独覚とは関係のない男にまで、その掟を課すというのは……戦前にだって、山崎のように、隔世遺伝で独覚の資質を受け継いだ者は大勢いたことでしょう。しかし、そのころには、彼らを放っておくだけの寛容さが独覚一族にはありました。それなのに……」

「儂の言ったことが分らなかったようだの」

と、薬草寺が結城の言葉を遮った。

「だから、その寛容さが許されないような事情になった、と言ったろうが……」

「とてつもなく巨大な独覚ですか？……しかし……」

「まあ、待ちなさい。その悪しき独覚が、いかにこの世に災厄をもたらす存在であるか――たとえば、あの帝銀事件じゃ。これは儂の推測で、はっきりしたことはなにも言えんが、あの帝銀事件にも悪しき独覚が関係していたのではないか、と儂は睨んでいる」

「帝銀事件に……」

結城は絶句した。

昭和二三年、帝国銀行椎名町支店の行員一六名が青酸化合物を飲まされ、うち一二名が死亡した。東京都衛生課から派遣されて来たと称し、赤痢の予防といつわって行員たちに青酸化合物を飲ませた犯人は、十数万の金を奪って逃亡――。事件発生後の二一〇日めに、警察はH某なる人物を犯人と断定、逮捕に踏みきった……いわゆる帝銀事件という名で知られているこの事件は、GHQが警視庁の捜査に圧力を加えたという事実や、H某を犯人と断じたその根拠がほとんど本人の自白だけであったことなどから、様々な疑惑を後世に残すことになった。

しかし、まさかその帝銀事件に独覚が関係していたなどと……。

「信じられないかもしれないが、どうして儂が帝銀事件に独覚が関係していたと考えるようになったかは、いずれ説明することもあるじゃろうて……まあ、今となっては、あの事件の真相をつきとめることは誰にもできないし、儂にもそんなつもりはない――ただ、これだけは言える。このまま悪しき独覚を放っておけば、さらに大きな災厄が人の世にふりかかることになる、とな……」

それだけを言うと、薬草寺はユラリと立ち上がった。畳の一点を険しい眼で睨みつけたまま、顔を上げようとさえしない結城を、哀れむような表情で見下ろしながら、

「やはり、おまえは山崎が好きだったようじゃな……ま、それもええじゃろう。『世界評論』に山崎を悼む文を載せた鬼間広二という男が、誰であったかも儂はこれ以上詮索《せんさく》しようとは思わん……だが、これだけは憶《おぼ》えておくがええ。おまえに操られなくとも、山崎はいずれはああいう死に方をせねばならなかったんじゃ。今が死に時だったんじゃよ。これ以上生き続けたところで、さらに激しい憤怒と絶望のなかで死ななければならない、という運命があの男を待っていただけなんじゃよ……嘆くがええ。悼むのもええじゃろう。だが、自分を責めるのは止《よ》すんじゃな。あの男よりも、儂やおまえ独覚一族の方が数倍も哀れな身上なんじゃから……山崎晃嗣の名は後世に残る。だが、わしらが一族の存在を知る者は、二〇年もたてば一人もいなくなるわ……それでは、芷恵のことはよろしくな」

襖《ふすま》の開閉する音、階段のきしむ音を、結城は確かに聞いてはいたが、しかし、薬草寺を見送ろうという気にはなれなかった。深い虚脱感に身体の芯を抜かれ、立ち上がる元気さえなかったのである。

凝然と畳のうえに坐り続ける結城の削《そ》いだような横顔を、ネオンの点滅が、繰り返し赤く染めていた——。

その夜の結城は知るよしもなかったのだが、歴史はまさしく薬草寺の予言どおりに動いていくことになる。

山崎晃嗣——〃合意は拘束さるべし〃という民法を自らの生活体系とし、ヤミ金融〈光クラブ〉の学生社長として、二七年の短い生を駆け抜けたこの青年は、その後、三島由紀夫《みしまゆきお》の『青の時代』、高木彬光《たかぎあきみつ》の『白昼の死角』などのモデルとなって、繰り返しこの世に還ってくることになる。昭和二五年の『世界評論』二月号に掲載された鬼間広二という匿名寄稿家の追悼文には、こう書かれている——《……だが、常識は良識であり、良識はやがて権威となり、心弱き戦後派は心にもなく再び戦前派に降伏したことであった。山崎の場合は、そうした常識へ真向から手袋を投げつけた果敢な挑戦であったと言えよう。……》確かに、戦中戦後を常に良識の立場で通すという不可能事を平然となしとげた大人たちから見れば、愛人たちさえも〃道具〃〃娯楽用〃〃連日使用〃と分類しなければ、一歩も生を進めることのできなかったこの青年は、まさしくアプレ・ゲールのチャンピオンであり、許し難き病的合理主義者であったろう。戦争を通過し、二度と良識に騙《だま》されまいと身構えた山崎が、インフレ収拾といういかにも良識的な措置に破れてしまったのも、当然であったかもしれない……。

ともあれ、山崎晃嗣の名は今も忘れられることはない。薬草寺がいみじくも言ったように、独覚一族の存在を誌《しる》す書がなにも残っていないのと、まさしく対照的に……。独覚一族とは一体なんであったのか。昭和二五年、彼らはなんのために歴史の裏を動き回っていたのか……それらを誌す文書はまったく残っていない。

一切、なにもない──。

3

六月もなかばを過ぎようとしている。

その日の昼さがり、延ばし延ばしにしてきた薬草寺の依頼をはたすために、結城は上野駅に降り立った。上野にあるK朝連支部に、芷恵が泊っていると、人づてに聞いたからである。

夜ともなれば、やくざ、男娼《だんしょう》、パンパンが群れ集う駅前マーケットも、六月の陽光の下では、いくらか猥雑で、底抜けに陽気なだけである。靴磨きの少年たちが喚声をあげて走り回り、音質の悪いスピーカーがブギをがなりたてる。脂ぎったモツのにおいと唐辛子のきいたカレーのにおい……。

マーケットの雑踏にもまれ、あちこちで路《みち》を尋ねながら、結城はようやくK朝連支部の建物に行き着くことができた。建物そのものは、一般の下駄ばきのアパートとなんら変わるところはないが、ただ門扉《もんぴ》に有刺鉄線をからませ、塀の上にガラスの破片を埋めこんであるという物々しさが、ひどく異常なものに感じられた。閉じられた門扉には呼び鈴さえついていない。コの字型の建物の、その狭い内庭には人の姿はなく、二階の窓にはためいている洗濯物だけが、結城の視界のなかで唯一動いているものだった。

——どうやって入るのだろう？

結城はしばらく門の前に佇《たたず》んでいた。

誰も出てくる気配はなかったし、窓から覗く顔もなかった。どうやら、大きな声をあげるしかないようだった。

「誰か居ませんか」

結城は声を張り上げた。しかしその声は、昼さがりのけだるいような空気に、いささかの反響《こだま》を呼ぶこともなく、むなしく消えていった。結城は二度と声をあげる気がしなくなった。

まさか、昼間から門を乗り越えるわけにもいかなかった。しばらく公園でもぶらついて、時間を潰《つぶ》してから、出直してくるか……そう考えて、結城が踵《きびす》を返しかけた時、

「面会か？」

横手から声がかかった。

痩せこけた、若い男だった。黒いアロハを着て、黒いズボンを穿《は》いているが、それでもまだ地におちている自分の影より、稀薄な感じがするような男だった。胸を患っているの

かもしれない。その眸《め》が異常にぎらつき過ぎているように見えた。髪を長く伸ばし、首に航空兵の白い絹スカーフを巻いている。

「どうだ？　面会か？」

男は繰り返した。

「そうだが……」

結城の声は確信に欠けていた。どうしてか、眼前の男がK朝連支部の人間である、とは思えなかった。

「誰に会う？」

「崔芷恵さんに……」

男の顔色が変わった。

「彼女とは知り合いか」

「いや……」

「じゃあ、どうして彼女と会う？」

「話がある」

「どんな話だ？」

「それは、彼女に直接話す……」

「おれには言えないような話か」

「言えるような話でも、あんたには言わない」

「なぜだ?」

「あんたが気にくわない」

本音だった。男の無礼さは常軌を逸している。

「……」

男の視線が険しくなった。内心の苛立《いらだ》ちを隠すように、拇指《おやゆび》の爪《つめ》を嚙み始める。それが癖になっているらしく、爪が変形していた。

「どうしたんだ? なにをそう神経質になっているんだ。おれはただ崔芷恵と会いたいと言ってるだけだぜ……」

結城は口調を変えて言った。幼児性の抜けていない男と喧嘩をしてみても始まらなかった。

「彼女と会いたがっているやつは大勢いる。右翼は彼女を殺したがっているし、ここらのやくざは彼女を強姦《ごうかん》すれば、勲章になるぐらいに考えている」

「おれが右翼ややくざに見えるか」

「そうは見えない右翼ややくざがいちばん怖い……この前も、とてもそうは見えない子供のような右翼が、ダイナマイトを投げこんでいった」

このままではとてもらちがあきそうになかった。できるだけ避けたいと考えていたのだが、裏小乗の名をだすしかないようだった。

「それでは、とりつぎを頼めるか」

と、結城は言った。

「裏小乗の独覚が、薬草寺の使いでやって来た。結城という者だが、ぜひ会って話したいことがある……」

「裏小……なんだって?」

男は面喰《めんく》らったようだった。結城は辛抱強く繰り返した。

「そう伝えれば分るのか」

「分る」

「おれにはなんのことだか分らない」

「芷恵さんには分るはずだ」

男はなおも猜疑《さいぎ》心の強そうな眼で結城を睨みつけていたが、やがてあきらめたように鍵《かぎ》の輪をポケットから取りだし、門の閂《かんぬき》を外した。

「ここで待っていてくれ」

結城を門の外に立たせたまま、閂をかけ直し、男は建物のなかに消えていった。

塀になかば破れかかった映画ポスターが貼《は》ってある――黒沢明《くろさわあきら》の監督した映画で、〈野良犬〉という題名だった。三船敏郎《みふねとしろう》とかいう若い男優がポスターのなかで、眼をむいていた。三船敏郎と睨み合っているうちに、男が帰ってきた。

「どうぞ」

男は門を外し、結城を招き入れた。口調は丁寧になっていたが、どことなく不満げな響きが残っていた。

K朝連支部の建物のなかには人の姿はまったく見られなかった。その人けのない建物のなかを、鴉《からす》のように陰気な男に案内されて歩いていると、なにか悪夢のなかに迷い込んでいくような気がした。

「昼間はみんな働きに出ているんです」

弁解しているような口調で、男は結城にそう言った。

結城はうなずいただけだった。どうでもいいことだった。誰がいなかろうが、芷恵さえいればそれでいい。

二階の応接室に通された。ニスのはげかかった机と、詰物のちぎれてしまっているソファ——置かれてある備品はいずれも粗末なものだったが、掃除がきちんといきとどいていて、気持ちがよかった。壁に貼られている朝鮮半島の地図……。

「芷恵さんはすぐに来ます」

そう言い残すと、男は応接室を出ていった。

結城はタバコに火をつけた。どこからかアリランの歌が聞こえてくる。結城は呆《ぼ》んやりとタバコをくゆらしながら、知らず日本語の歌詞を口ずさんでいた。

〽深い夜空に、星数多く
　人の生命に、罪咎《つみとが》多し

アリラン、アリラン、アラリオオ……


「お待たせしました」

ドアが開かれて、遠い物想いに誘われかけていた結城を、現実に引き戻した。

「私が崔芷恵です」

と、戸口に立ったその少女は挨拶した。細面の大きな眸《め》、ふっくらとした唇、肌理《きめ》のこまやかな頬に、健康そうな艶《つや》があった。カストリ雑誌の記事のとおりに、確かに美人だった。だが、成熟した女の美しさではない。産毛の似合いそうな、少女の美しさだ。

「結城弦です」

席を立って、結城も挨拶を返した。

両人は向かい合って坐った。

「実は……」

と、結城は口を開きかけて、戸口にあの鴉のような男が佇んでいるのに気がついた。人に聞かせられるような話ではない。

「世耕《せこう》さん。すみませんけど、席を外していただけないかしら」

結城の視線の意味に気がついて、芷恵が男を振り返って言った。

「しかし……」

世耕と呼ばれた男は、まだ結城を疑っているようだった。

「私なら大丈夫です。話はすぐに終りますから、少しの間だけ——ね」

芷恵の声は優しかった。その優しさに押しきられたかのように、世耕は黙って部屋を出ていった。ドアを閉める時に振り返った彼の眼は、主人にかまってもらえない犬の眼を連想させた。

「世耕……？　あの人は日本人なんですか」

意外な気がして、結城はそう訊いた。これまでの彼の様子から、てっきり朝鮮人とばかり思っていたのだ。

「ええ、世耕紀夫さんといって、T大の哲学科の学生さんなんです……GHQと日本政府の朝鮮人弾圧に反対して、私たち朝鮮人の味方になっていてくれます」

「なるほど……」

そうなずきはしたものの、結城は内心苦笑していた。世耕のしぐさを少し注意深い眼で見れば、彼が芷恵にひかれていることはすぐに分る。むろん、芷恵もそうと気づいているに違いない。気づいていながら、それを朝鮮人全体に対する同情である、と巧妙にすりかえて、世耕の好意だけ受け取っているわけだ。女が長い間に備えてきた保身の知恵だ。〈ジャンヌ・ダルク〉も女である以上、その例外ではないらしい。

が、結城にはいずれ関係のないことだ。薬草寺のことづけを伝えれば、それで結城の用は済む。

「単刀直入にお話ししますが……」

と、きりだした結城の言葉を、

「お話しになる必要はありません」

　芷恵が遮った。

「え?」

「お話は分っています。裏小乗の掟に従って、在日朝鮮人連盟の活動から身を引け……そうじゃありませんか?」

「驚いたな。そのとおりです……それで、身を引いていただけますか?」

「引きません」

「ほう、それでは、黙って滅びていけ、という独覚の運命を無視なされるんですか」

「無視します」

「……」

「だって、独覚の運命なんて迷信に過ぎませんもの」

　そう言いきった時の芷恵の表情は、羨《うらや》ましくなるぐらい晴れやかだった。自身に荷《か》せられている滅びの運命を迷信だと考えるだけで、独覚でさえもこれほど明るくなれるものなのか。しかし……

「残念ながら、滅びの運命は迷信ではありません」

　そう口にした時の結城の胸には、暗くて酷《むご》い衝動が芽ばえていた。芷恵の明るさに対する羨望《せんぼう》が、いつしかどす黒い嫉妬《しっと》に変わっていた――独覚のくせに、おれと同じ独覚のくせに……。

「迷信ではないかもしれません。でも、無意味ですわ……」

結城の感情の動きを敏感に察したらしく、芷恵の表情も険しくなっている。

「この世の悲惨に喘《あえ》いでいる人たちは数えきれないほどいる。そして、私たち独覚には彼らを救《たす》ける能力がある……それでいて、彼らを救けてはならないなんて、そんな掟なんか意味があるはずないわ」

「……」

結城は沈黙した。

救けることはできるが、しかし、救けてはならない……確かに、その掟は無意味であるかもしれないし、独覚にとっては、残酷でさえあるだろう。それだけに、なぜ救けてはならないのか、という芷恵の言葉は強い説得力を持っていた。なぜ救けてはならないのか……これまで何人の独覚がそう自問し、そして、掟を破るのを決意したことだろう——が、彼らの試みは、いずれもさらに大きな悲惨をこの世に招く結果に終ったのだ。

結城は、芷恵の挑戦に応じなければならなかった。

「独覚なら誰しも、自分にはこの世の悲惨をなくす力があるのではないか、と考える一時期がある。しかし、それはたんなる錯覚に過ぎない……」

「お話はよく分りました」

ひどく冷たい声で、芷恵が結城の言葉を遮った。

「どうぞ、お引き取りください」

帰るわけにはいかなかった。だが結城には、芷恵の怒りの深さがよく理解できた。結城にも同じような憤りに身を焦がした過去があるのだ――一九歳の時、薬草寺の用事で、雲来郷から都会に出かけていったことがある。そして、生まれて初めて、結城は空襲を体験したのだった……煙が渦を巻き、火花が弾けるなかを、群集は虫の大群のように逃げまどっていた。泣く子、怒鳴る男、転倒する老婆――その群集のうえに、容赦なく焼夷弾《しょういだん》が撒《ま》かれていく。ザザ、ザッ……凄《すさ》まじい業火の海を前にして、結城は泣き喚《わめ》いた。おれたちには、おれたち独覚には、この悲惨から人々を救う力があるのに……救うことが許されるのなら、おれはおれの生命《いのち》なんか喜んで投げだすのに……

「どうなさったんですか」

ふいに意識のなかに入ってきた芷恵の声が、結城を過去から現実に一気に引き戻した。

結城はしばらく呆然《ぼうぜん》として、芷恵の顔を見ていた。頬に涙の感触が残っていた。

「本当にどうなさったんですか」

芷恵が重ねて訊いてきた。いかにも心配そうに、眉をひそめている。優しい娘だ。

「いや……」

結城は顔をそむけた。窓の外はいつの間にか仄暗《ほのぐら》くなっていた。

――あの後、なぜ救けてはならないのか、と喰ってかかるおれに、その理由《わけ》を薬草寺は諄々《じゅんじゅん》と説いてくれた。今度はおれの番だ。今度はおれが、この少女に説いてきかせる番なのだ……。

　ゆっくりと立ち上がる結城を、芷恵があっけにとられたような表情で見上げている。

「ちょっと、つきあってもらえませんか」

「？……」

「上野公園を歩くだけですよ。あなたに見せたいものがある……」

「なんでしょう？」

「来れば分ります。それとも、怖いですか」

「怖いものなんか一つもないわ」

「だったら、つきあってくれてもいいでしょう……」

　いつになく結城は強引だった。かつて自身がとり憑《つ》かれ、今、芷恵が拠り所としているもの――人間愛というやつがたまらなく憎かった。独覚にとって、人間愛は浮気な恋人に似ている。離れなければ不幸になっていくだけであり、離れれば惨めになる。かといって足蹴《あしげ》にすれば、傷つくのは自分の方なのである……。

「いいわ」

　と、芷恵がうなずいた。

「少し待ってくださる？　すぐに支度するから……」

「支度なんかいらない。一時間もすれば、ここに戻ってこられる」

　結城のその言葉に、芷恵の頬がわずかに強張《こわば》った。結城の悪意をはっきりと感じとったようだった。

二〇分後、二人の姿は上野公園にむかう路上にあった。

「どこへ行くんですの？」

「だから、公園をぶらつくだけです」

芷恵はさすがに緊張しているようだ。現在《いま》の上野は東京でも最も治安の悪い地区だと言われている。こんな時刻に、若い女が上野を歩くのは、襲ってくれと頼んでいるようなものだった。

結城が駅に降り立った時、マーケットにうるさいほど群れ集っていた人混《ひとご》みは、あれから三時間とはたっていないのに、潮が引いたようにもうすっかり消えてしまっていた。その活気に満ちた昼間の群集と入れ替わりのように、素姓も、職業も、性別さえもはっきりとしない人間が、闇のなかに蠢《うごめ》き始めている。

戦後、いずれの盛り場にも、やくざ、パンパン、男娼が跳梁《ちょうりょう》し、新宿あたりでは、独りで泥酔でもしようものなら、介抱窃盗に身ぐるみはがれるのが、常識のようになっている。しかし、その新宿でさえも、ここ上野のように夜間通行禁止措置がとられるほど、治安が悪化してはいない。

ここ上野の杜《もり》で、まず確実に狙われることになるのはアベックだという。治安の悪さが分っていながら、上野の杜に迷い込むアベックは跡を絶たず、必然的に、恐喝、強姦事件なども跡を絶つことはない。

今また一組のアベックが公園の入口に近づいていく。

公園の入口には一〇〇人ぐらいの人が群れていた。いずれも男娼かパンパンで、公園入口のこの光景は、いわゆる上野の象徴のようになっている。

「イョッ、お楽しみ」

「ねえちゃん、幾らや」

「にいちゃん、もう硬くなっとるのとちゃうか……」

近づいてくるアベックの姿を見て、彼らはてんでに野卑な野次をあびせかけた。

その海鳴りのような野次に、芷恵が身体を縮めているのを、意地悪く観察しながら、

「まだまだこんなのは序の口ですよ」

結城は楽しそうに言った。

「あなたがどんなつもりで私を誘ったのか分ってきましたわ……」

芷恵がそう答える。眸《め》に怒りのような色が浮かんでいた。

公園に入る。

暗い。街灯はほとんど例外なく割られてしまっているのだ。

そんな足元さえ定かに見えない闇のなかで、なにか獣の蠢いているような気配だけが感じられた。

「転ばないように気をつけて……」

結城が注意した。

「ご親切ですのね」

　芷恵の声には痛烈な皮肉がこめられていた。

「とても、私を誰かに襲わせようと考える人の言葉とは思えませんわ……どうかご心配なく。なにも見えないからといって、転ぶような不様な独覚はいませんわ」

「なるほど、あなたは天眼《てんげん》の術を操れるんですね」

「ええ」

　芷恵はそっぽを向いた。

　両人《ふたり》は歩き続けた。いつからかサラサラという蛇の這《は》うような音が聞こえ始めていた。その音は両人の進行に従って、どこまでもついてくるのだ。クスクス笑いと、なにか囁き合う声……。

「彼らは五人や一〇人ではありませんよ」

　結城はあくまでも楽しそうに言う。

「その五人や一〇人ではない彼らが、全員あなたを狙っている……」

　別に怯えたような様子も見せず、芷恵が尋ねる。

「どうして、こんなことをなさるんですか」

「あなたはこの世の悲惨を救いたいと言った。そのためなら、独覚の掟を破るのも辞さないと……だが、人間ってやつはしょせん毒虫か、そうでなければ滓にしか過ぎない。いずれにしろ救いに価するような上等な代物ではないでしょう」

「それを、身をもって私に体験させようというわけね？」

結城はそれには答えようとはしないで、やおら足を停《と》めると、

「かりこみだ！」

大声で叫んだ。

眼の前の公衆便所から、男たちが数人とびだしてきた。慌てふためいて、闇《やみ》のなかに逃げこんでいく。なかの二、三人は、下着しか身に着けていないようだった。

結城は弾《はじ》けるように笑いだした。笑いながら、言う。

「あいつらはかき屋といってね。五〇円払えば、マスターベーションをかかせてくれるんですよ。男が男に、ね……」

その笑い声をはねのけるように、

「毒虫はあなただわ」

低声《こごえ》で芷恵が言った。結城の笑い声はピタリと止んだ。

そのまま二人は睨み合った。あちらこちらに散らばっている夥《おびただ》しい紙屑《かみくず》が、カサコソと地を這い始める。男と女の、あるいは男と男の情事の残骸《ざんがい》だ。胸のむかつくような、甘いにおいが漂ってくる。

そんな淫風《いんぷう》に吹かれながら、結城は胸にわき起こってくる凶暴な衝動を圧《お》さえきれないでいた。

――この聖女《ジャンヌ・ダルク》を地に這いつくばらせてやる……。

結城は下腹部が熱くなっているのを感じていた。裸にむいて、泣き喚かせてやる。薄汚い男たちに、輪姦《まわ》されるがいい……。

芷恵を公園に誘った時には、そんなつもりはなかった。ぎりぎりのところで、救けだしてやる気でいたのだ。

が、芷恵の一言が、結城の理性を完全に喪失させたのだった。毒虫はあなただわ……。

このおれが毒虫か。いいだろう。おれがどれほどの毒虫であるか、きさまに見せてやろう――結城は胸のなかで咆哮《ほうこう》していた。

暗闇に向かって、彼は叫んだ。

「出てくるがいい、この女をきさまたちにやろう!」

めったにない上物だぜ。しゃぶりつくすがいい。充分に楽しむがいい……。

が、闇はしんと静まり返ったまま、結城の声に反応しようとはしなかった。いや、誰もいないのだ。ついさっきまでうるさいほどに群がっていた人影が、もう何処にも見えないのだ――。

愕然《がくぜん》としている結城に、芷恵が静かな声で言った。

「あの人たちなら私が追い払いました……」

「きみが?……」

「ええ」

「……」

結城は呻《うめ》いた。芷恵がその念力で男たちを遠ざけたことを、ようやく覚ったのだ。恐ろしい念力だ。結城はいまだかつてこれほどの能力を備えた独覚に会ったことがなかった……。

芷恵は言葉を続けた。

「あなたは、人間はしょせん毒虫か、そうでなければ滓にしか過ぎない、と言いましたね……でも、そのことなら、あなたに教えてもらうまでもないわ。この国で、朝鮮人であるということがどんなに苛《か》酷《こく》な体験であるか……朝鮮人で、しかも若い女であるということがどんなに……私は知ってるのよ。一二の時に両親を炭鉱でいじめ殺されてから、人間が滓だなんてこと、ずーっと知っていたわ」

「それじゃ、なぜその滓を救おうとする？」

結城の声はしわがれていた。

「だから、救いたいのよ」

静かにそれだけを答えると、芷恵は踵を返した。

芷恵の姿が闇に呑《の》まれてからも、結城はなおその闇を凝視していた。ふしぎに敗北感はなかった。敗北感ではなく、

——もしかしたら、あの娘なら……

という昂揚《こうよう》感に満たされていた。あの娘なら人の世の悲惨をなくすことができるかもし

れない……。

崔其年への伝言を彼女に伝えなかったことに、結城が気がついたのは、かなり時間が過ぎてからだった。そして、そのことを彼女に伝える機会は、ついにやってこなかった。その翌朝、朝連解散命令と共に、警官隊がK朝連支部に踏み込み、崔芷恵は行方不明になってしまったからである。

4

K県雲来郷——地の利さえよければ、ここも東尋坊とか御火浦《みほのうら》に匹敵するぐらいの名所になっていたかもしれない。雲来郷の村落は、鋸歯《きょし》形に太平洋に突き出た切岸縁《きりぎしぶち》の上にあり、民家の数およそ三〇〇、そのほとんどが漁で生計をたてている。雲来郷のある崖《がけ》そのものも、海蝕《かいしょく》風景として一見に価したが、さらに素晴しいのは、崖に面するようにしてつらなっている岩礁である。赤と黒と緑、くっきりと三層に塗り分けられた巨大な岩盤が、屏風《びょうぶ》をたてたように、海からそびえたっている——バスで三時間、さらにそこから歩いて四時間、海を回っても、最も近い漁港から発動機船で三時間……地の利がこれほど不便でなければ、広く全国に紹介されてしかるべき絶景と言えた。

文化年間の頃、鯨を追って沖まで流れてきたある漁師が、一夜、岩礁が黄金色の光芒《こうぼう》を放つのを見て、この地に住みつくことを決意したのが、雲来郷の始まりだったと言う。その後、漁師は妻をめとり、家大いに栄えて、網元にまで出世する……だから、雲来郷は、運来光の意である、と唱える郷土研究家も幾人かいる。

言い伝えでは、漁師を導いた鯨は、実は弘法大師のお使いであった、ということになっている。だから、この雲来郷に弘法大師をまつる寺があったとしても、なんの不思議もない。

薬草寺——それが寺の名であった。

村の広場から始まっている、つづら折りの細い道を登っていくと、石段にぶつかる。その短い石段を登りつめると、正面に薬草寺の門が見える。門はなかば朽ちかけていて、碑《いしぶみ》の不許葷酒入山門《くんしゅさんもんにいるをゆるさず》の文字も、風化してしまっていてほとんど読めない。境内に入ると、正面に本堂、右側に小さな庫裡《くり》がある。庫裡の裏は墓地になっているのだが、これは境内からは見えない。

雲来郷を初めて訪れた者がこの寺を見たら、薬草寺の名から、薬師如来がまつられているものと思うかもしれない。確かに、この名の寺にまつられているのが弘法大師だというのは、いささか無茶だ。なんの関連もないのである——だが、おおらかな雲来郷の漁民たちは、そんなことは気にもとめない。昭和の初めにこの寺に住みついたということだけで、住職の薬草寺宗哲の素姓がもう一つはっきりしないことも、ほとんど忘れてしまっている。典座《てんぞ》さえ居つかないようなボロ寺に、まがりなりにも住職がいてくれるというだけで、充分満足しているのである……それに、どっちみち雲来郷を訪ねてくるような酔狂な人間はほとんどいないのだ。

六月二五日、ほとんどいないはずの訪問者が、この日に限ってあった。それも、五人……。

訪問者たちは、庫裡のなかで薬草寺宗哲と向かい合っていた。武者窓に似た窓は、総て外されていて、裏の墓地を見通すことができる――墓地を蔽《おお》っている毛氈苔《もうせんごけ》は湿気を吸いつくし、さほど多くはない墓石が、今にも沈んでいきそうに見える。無数のがまがそんな墓地を我物顔に跳梁している……とても、眼を楽しませてくれるような眺めとは言いにくい。

それでは、庫裡の内部《なか》はどうかと、眼を転じてみると、こちらも墓地と大差ない。いや、さらに荒れ果てているとさえ言えた。柱木にはひびが入り、棟木にはくもの巣がかかっている。祭壇にいたっては、たき木にでも使うのか、壇部の板がところどころひきはがされていた。

そんな荒廃しきった庫裡に、主客合わせて六人が座して、話を交している。三人の青年と一人の娘、住職の薬草寺宗哲、そしてもう一人は、ここの雰囲気にはまったくそぐわないのだが、ブロンドの外人……。

庫裡のなかは赤く染まっていた。今、夕陽が最後の光を投げかけている。蚊取り線香からたちのぼる一条の煙――。

「それでは、この若い連中をご紹介しましょうかの――右から、結城弦、小田切誠、古在昇一、蓮見《はすみ》藍《あい》……」

ひょうひょうとした声で、薬草寺が言った。四人の男女が、ブロンドの男に向かって軽く一礼する。

「どうも……私、ファインマンといいます。GHQの民政局《GS》で働いています」

意外に流暢《りゅうちょう》な日本語で、ブロンドの男は自己紹介した。陽気な顔つきをした、四〇がらみのがっしりとした男である。

「さてと……さっそくじゃが、話を進めようかの。ファインマンさんもお忙しいことじゃろうからの」

と、薬草寺が言う。なにがおかしいのか、歯の抜けた口でしきりにニタニタと笑っている。古稀《こき》を迎えるような老人が、顔を皺《しわ》だらけにして笑っている様子は、ひどく軽妙洒脱《しゃだつ》に見えるが、その眼光は決して笑ってはいない。

「詳しい話は、薬草寺さんから聞いていただくとして……」

ファインマンが話しだした。

「要するに、私のお願いしたいことはただ一つ、あなた方の力で、服部《はっとり》機関をたたき潰してもらいたいということです……いや、組織はともかくとして、首謀者《リーダー》の服部猛雄《はっとりたけお》だけはなんとしてでも倒していただきたい」

「服部猛雄——?」

と、眼鏡をかけた青白い男がつぶやいた。さっき薬草寺から古在昇一と紹介された男である。薬草寺の方に顔を向けると、

「その人は確か老師の……？」

「そう、弟じゃ」

薬草寺はうなずいた。ニタニタ笑いはやめそうにない。

「戦争前に満州に渡っての。むこうの日本軍の間でなにやらチョロチョロしていたようだが、日本が負けたら、今度は進駐軍のために働き始めたらしいの。どういうものか、独覚の血が薄くての。これならなにも一族の掟に従わせることもあるまいということで、関西の方に養子にやられたやつじゃが……今から考えると、その頃からなかなかの野心家ではあったの。頭もよくきれたし……そうそう、弦に似ておろうかの」

結城弦は無表情のままでいる。

「その服部氏を、どうして我々が倒さなければならないのですか」

古在は口早にそう訊いた。額に青く浮きでている静脈が、いかにも彼を癇性な男に見せている。

「危険人物だからです」

ファインマンが答える。

「危険人物？　どちらにとってですか？　進駐軍にとってですか、それとも、日本にとって……？」

「両方にとってきわめて危険です。それに、朝鮮にとっても……」

思いがけない国名が出てきたことで、古在はとまどったらしかった。いくらか吃《ども》りぎみ

に、

「朝鮮にとっても、と言うのは、どちらの朝鮮のことでしょう?」

「それも、両方の朝鮮にとってです……」

ファインマンは泰然とかまえていて、その返答にもよどみがない。混乱するのは、質問者ばかりのようだった。

「よく分らないな……」

古在は首をひねった。

「ファインマンさんの話を聞いていると、服部氏はきわめつけの危険人物らしいけど……そんな狂ったような日本人が、現代《いま》の日本に居るとは、ちょっと信じられない気がするな——第一、服部氏は進駐軍のために働いているんでしょう? どうしてそんな危険人物を使っているんですか」

やつぎばやに繰り出される古在の質問に、さすがのファインマンもいささか閉口し始めたらしい。大きく肩をすくめると、

「進駐軍と一口に言っても、実際にはいくつかの部班《ブランチ》に分れています。服部が進駐軍のために働いていると表現するのは、正確さに欠けるきらいがあります。正確には、進駐軍の一つの部班が、彼のために働いていると言うべきでしょう」

「……」

古在は口を閉ざした。現在の日本にとって、GHQは絶対的な支配者である。その支配

者が、たとえ一部班に過ぎないとはいえ、日本人のために働いているなどと、想像することさえ困難だった。

「一つの部班とは具体的にはどこの部のことでしょう?」

初めて結城が口を開いた。冷然とした声だった。

今、彼の存在に気がついたというような表情《かお》で、ファインマンはしばらく結城を見ていたが、やがてその視線をつと庭の方に逸《そ》らした。もう暗く黄昏《たそが》れてしまった庭からは、がまの鳴く声だけが聞こえてくる。

「……参謀本部第二部《G2》と、心理戦局《PSB》――もちろん、そのごく一部だけですが……」

顔を庭に向けたまま、そう答えたファインマンの声は、ひどく苦々しげに響いた。

「なるほど……」

と、うなずいたのは古在だった。

「GSとG2が対立しているという話は聞いたことがありました……つまり、G2のために働いている服部機関が、あなたの属しているGSには目障りだというわけですね。そこで、服部猛雄氏と因縁浅からぬ私たちを使って……」

「それは違います」

ファインマンは言下に古在の言葉を否定した。

「繰り返すようですが、服部機関はG2のために働いているわけではありません……G2の方が、服部機関の意のままに動いていると言うべきなのです。私たちGSが服部機関を潰そうと決意したのは、決してG2と対立しているからではなく、服部機関そのものがひどく危険であると判断したからです」

「G2ともあろう組織が、日本人の一グループのいいなりになって動かされるとは、どうも信じ難いんですがね」

ポケットからパイプを取りだしながら、古在が皮肉な口調で言った。信じ難いなどと婉《えん》曲《きょく》な表現を使っているが、その眼ははっきりとファインマンの言葉を信用していないことを示していた。

ファインマンの返事は短かった。

「それが、動かされているのです」

「ほう、どうやって？　女でも使いますか」

「第七三一石井《いしい》部隊というのをご存知でしょうか」

「いや……」

逆に訊き返されて面喰らったらしく、古在はマッチを擦ったまま、パイプに火をつけることも忘れて首を振った。もちろん、マッチの火は消えてしまう。

「……日本陸軍の謀略用細菌部隊だ。満州にその研究所があったと聞いている」

今まで一言も口をきこうとしなかった小田切が、ふいに言葉をはさんだ。巌《いわ》のような身体に、巌のような顔つきをした男である。巌のように口が重くもある。はだけたシャツからは、黒々と密集した胸毛がのぞいていた。

　小田切の言葉に、ファインマンはうなずいた。

「そうです……」

「石井部隊の技術者の幾人かは、GHQの公衆衛生福祉局《PHW》が拾いあげて、細菌戦用兵器の研究を続けさせている、という話を聞いたこともあるわ。第二次大戦中の戦犯行為を不問にする、という条件でね」

　ファインマンをからかうつもりだったのだろう。これは、藍が言った。

　今日の藍は、ピンクのシャツ・ブラウスにスラックスという軽装である。軽装ではあるが、ボンヤリと仄暗くなった庫裡で、彼女の坐っているあたりだけが、どことなく艶《なま》めかしく感じられる。

「それで、その石井部隊がどうだと言うのですか」

　藍の言葉に苦りきっているファインマンを、古在が促した。手にしているパイプにはあい変わらず火がつけられていない。

「……服部機関というのは、石井部隊の傍系機関だったようです。一応、命令系統は独立していたらしいですが……つまり、服部機関というのは、麻薬研究業務にたずさわっていたのです」

　と、ファインマンは答えた。

「麻薬研究業務……？」

　古在はあっけにとられたようだった。口をアングリと開けて、開けたついでに、とうとうパイプをポケットにしまってしまう。

「どうやら、儂から少し説明した方がよさそうじゃな……」

薬草寺が言った。

「儂の家系は、それ、この寺の名前からも分るじゃろうが、代々、薬の研究が盛んでな。道鏡《どうきょう》が使った媚薬《びやく》の作り方まで伝わっておるぐらいじゃよ——それで、儂の弟はさっきも言ったようになかなかの野心家じゃからの。まあ、薬を使って、大東亜共栄圏建設に協力しようとでも考えたんじゃろうて。いかにもあやつの考えそうなことよ」

「つまり、麻薬を使って、植民地支配をスムーズに行なおうとしたわけですね。そして、今は、同じ麻薬がG2を動かすのに使われている」

そううなずくと、古在は考えこむような眼つきになった。

——そうだったのか……。

結城もまた内心うなずいている。

あの帝銀事件にも悪しき独覚が関係していたのではないか……薬草寺のその疑惑がなにに由来したものであったのか、今ようやく思い当ったのである。

帝国銀行椎名町支店に現われて一二人の行員を毒殺した男の、青酸化合物をあつかう手つきは実に鮮やかだったという。そのいかにも毒物をあつかい慣れているらしい様子と、使用された青酸化合物がかつて軍関係で使われていたものと同種であったことから、警視庁の捜査線上に旧帝国陸軍防疫給水部隊の名前が浮かび上がってきた。防疫給水部隊——

すなわち、第七三一石井部隊である。

当時、読売新聞も同じ石井部隊を追っていたために、日本軍の亡霊に帝銀事件の嫌疑がかけられていることは、結城のような事件とはなんの関係もない一般人にまで、広く知れわたることになった。が、どうして警視庁の石井部隊追及がとつぜん打ち切られることになったのか、については一片の釈明もなされなかったのである。

結城は考える――。もし、帝銀事件の犯人が石井細菌部隊に関係していた旧軍人であったとするなら、そこに服部猛雄がなんらかの形で働いていた、と想像してみるのもあながち無理とは言えないだろう。だが、それは単なる想像に過ぎない。よしんばその想像が的を射ていたとしても、それがおれたち独覚になんの関わりがあるのか。なるほど、確かに服部猛雄は一族の血をひいているかもしれないが、彼のしたことを糾弾するのはおれたちの役割ではあるまい。それに、薬草寺が自ら言ったように、帝銀事件の真相を突き止めるのも今となってはむずかしいだろうし、突き止めたところで一族にはなんの益ももたらさないのだ。

――薬草寺の狙いは服部猛雄ではない。

結城はそう確信した。では、なにが狙いなのか。なにを狙って、薬草寺はこうまで活発に動いているのか。どうしてGHQの高官なんかをおれたちに引き合わせて、彼の仕事をやらせようとするのか？……とてつもなく巨大な悪しき独覚――確か、薬草寺はそんなことを言ってたな。なんのことだろう？　とてつもなく巨大な……。

ふと気がつくと、会話が中断していた。酷かった戦争の記憶が、それぞれの胸に重くのしかかっているらしかった。

「どうも、お話が空転しているように思えますが……」

顔を上げると、結城はそう言った。

「服部機関がどう危険であるかということも伺っていなければ、どうして、我々が服部機関を潰すのに協力しなければならないかも伺っていない」

ファインマンはしばらく返事をしようとはしなかった。彼がどんな表情をしているのかも、暗闇に閉ざされてもう見ることはできない。

「適切な質問だな。それは……」

古在がボソリと言った。

「そう……適切な質問ですね」

と、ファインマンは古在の言葉を繰り返して、

「だが、どちらの質問にも、私は明確にはお答えできないようです……服部機関がどう危険なのかということは、実のところ、私たちにもよく分っていないのです。もちろん、G2の上層部を麻薬で動かしているということは、それだけで重大な犯罪行為ですが……その動きがなにを目的としたものなのかは、私たちにも分らない。ただ一つ、これは関係があるかどうか……マッカーサー将軍が……」

「マッカーサーまで麻薬に操られていると言うのですか」

さすがに驚いて、結城が声を高めた。

「とんでもありません」

ファインマンは手を振った。

「将軍が麻薬なんかに関係あるはずがありません。それは私が保証します。ただ、近頃マッカーサー将軍の人が変わったような……いや、多分、激務にお疲れになっているだけでしょう。服部機関とはなんの関係もないことです……。

もう一つの、なぜあなた方が服部機関を潰すのに協力しなければならないかというご質問ですが、これは、薬草寺さんに訊かれた方がいいんじゃないでしょうか？　なにしろ、服部機関のことで話がある、とコンタクトしてきたのは薬草寺さんの方ですから……」

若い四人の間を、動揺が走った。

「なるほど、そういうことですか」

しわがれた声で、結城が言った。

「そういうことじゃ」

暗闇のなかから、薬草寺がそう受けた。

がまの鳴き声がひときわ騒がしくなった。

藍が雪洞《ぼんぼり》に火を入れた。ジーッという揮発音とともに、植物油のにおいが庫裡に漂い始める。

今、その淡い明りにボンヤリと浮かびあがっている人影は、六人から五人に減っていた。

「分らねえな……」

小田切が呻いた。

「説明していただけるんでしょうね」

と、これは古在——。

四人の若者たちは車座になって薬草寺を取り囲み、揃って咎めるような視線を向けている。

「怖いな……そんな表情《かお》で儂を見んどくれよ」

老人の剽軽《ひょうきん》な口調は変わらない。

「私たちに、世間に関わるなと命じたのは老師ご自身ですよ。お忘れですか。口を閉ざしたまま、眼を閉じたまま、ただ滅んでゆけと私たちに教えたのはあなたなんだ。そのあなたが、どうしてGHQの正体を明かすような真似を……？」

古在が訊いた。重い、感情を極力圧さえた声だったが、やはり、そこにはなじるような響きが含まれていた。

「別に、正体を明かしなぞはせん……ちょっと儂の力をファインマンに見せてやって、儂の一族は代々ふしぎな法力を持っておると教えてやっただけじゃ。服部猛雄を倒そうと思ったら、儂らを使うのが最も賢明じゃとな——現に、彼らの組織をもってしても、猛雄がどんな顔をしているのかも摑めなかったらしいわ……儂の言葉を一も二もなく信じおった」

「天眼ですね」

と、藍が涼しい声で言う。他の三人が一様に興奮しているなかで、彼女だけが平然と落ち着いている。

「そうじゃ……」

薬草寺はクスクスと笑った。

「あのファインマンという男、あんな体格をしておって、女を抱けんらしい。衆道の、しかも稚児《ちご》の方でな……そいつを言ってやったら、顔を青くして震えおったわ」

「どうしてなんです?」

古在がふいに声をふりしぼった。

「そう、どうして服部氏のことをそんなに気になさるんですか」

と、結城も訊く。

「儂が気にしておるのは、猛雄のことではない……」

薬草寺の表情《かお》から初めて笑いが消えた。

「猛雄とは子供の頃に別れたきりじゃが、養子先の親父というのが国粋主義にかぶれておっての。服部機関なぞというものを、あやつが組織することになったのも、当然だったかもしれんて……人の世に関わってはならん、という裏小乗の教えをあやつが知らんはずはないのじゃが……まあ、一族の人間とは没交渉じゃったからの。掟なぞ気にも止めなかったんじゃろう」

「服部氏のことを気に止めてもいないとおっしゃるのは、彼の身体を流れている独覚の血が薄いからですか」

結城の眼には探るような色があった。

「そうじゃ」

「それじゃなおさらわけが分らなくなる。その気にもしていない服部氏を倒すために、どうしてGHQなんかに……?」

「弥勒《みろく》じゃよ」

「え?」

「弥勒が現われたのじゃ」

薬草寺の声音には、四人を慄然《りつぜん》とさせるような響きが含まれていた。いつもの剽軽な言動が、老人の真の姿であるとは誰も考えてはいなかったが、しかし、今、彼らが眼前にしている薬草寺には、なにかに怯えているような翳りさえあったのだ。

薬草寺はなおも言葉を続ける。

「猛雄ごときがなにをどう動こうとたいしたことではない……人の世に関わってはならないはずの独覚がその掟を破れば、結局は、自身が滅んでいくだけのこと。猛雄ひとりのことじゃったら、なにもおまえたちが手を出すまでのことはない……だが、儂には、あやつの後ろの弥勒が観えるのじゃよ」

「弥勒って……あの弥勒のことですか」

古在がそうつぶやいて、呆然と他の三人を見廻した。三人ともあっけにとられている。

独覚一族にとって、弥勒の名は、救済仏という一般の通念とは異なり、なにかとてつもなく悪しき存在という意味を持っていた。弥勒とは一体なんの謂《いい》であるのか、一族の誰も知らない。ただ、ひとたび弥勒が現世に出現すれば、世は乱れに乱れ、ありとあらゆる悲惨が満ちることになるという……。

「信じられないわ」

と、藍が言う。

「もう弥勒が出現することはないだろう、とおっしゃったのは老師じゃありませんか。隋《ずい》の大業九年に現われた宗子賢が、おそらく最後の弥勒だったろう、って……」

沈んだ声で、薬草寺が答える。

「確かにそう思っておった……だが、儂には猛雄の後ろにいる弥勒が観える。放っておけば、その弥勒がこの世に数々の疫災をもたらすであろうことが分るのじゃよ。今頃になって、ばかげたことではあるが、独覚一族の動きだす時が再び来たようじゃ」

藍は繰り返した。

「信じられないわ」

村の方から祭りばやしの太鼓の音が聞こえてくる。もう夏祭りの準備を始めているらしい。そのどことなく郷愁を誘う調べが、薬草寺の奇怪な話に呆然としていた結城を、フッと現実に引き戻してくれた。

結城は訊いた。

「よくは分らないのですが、結局、こういうことでしょうか。私たちは、その弥勒と争うことになる……？」

「そうじゃ……そして、弥勒を戦場に引きずりだすには、まず服部機関を相手にしなければなるまいて。儂が、あのファインマンという男と接触したのも、GSの情報網を利用することができれば、おまえたちがズーンと働きやすくなると思ったからじゃ」

結城は、ヘリコプターの都合があるからと言って、さっさと帰っていったアメリカ人の姿を脳裡に想い浮かべた。そして、彼が語った服部機関、さらには薬草寺が観たという弥勒をも、そのアメリカ人の姿に重ねてみた……だが、そこにはどんな現実感も見いだすことができなかった。今の結城にとって、唯一現実感を伴うものは、崔芷恵の理想だけであった。独覚の彼女が真に人の世の悲惨を救うことができるのだとしたら……

結城は低い声で言った。

「私はもう裏小乗の掟を忘れようと思っています……」

他の三人が皆一様に息を呑むのが分った。

が、薬草寺の眼には驚きの色は見えず、怒りすら浮かんでいなかった。結城の言葉をあらかじめ予想していたかのように、身じろぐことさえしなかった。ただ、

「できればの……」

と、独り言のようにつぶやいた彼の声には、深い悲しみが刻みつけられているようだった。

結城は無言のまま席を立つと、薬草寺に一礼して、庫裡を出ていった。

本堂に通じるわたり廊下で、他の三人が結城に追いついた。

「俺たちも掟を忘れることにしたよ……」

古在が言った。

結城は返事をしようとしなかった。藍も小田切もなにも言わず、古在もそれ以上口をきこうとはしなかった。彼らは今ひとりの老人を裏切ってきたのだった。

黙々と足を運ぶ彼らに、強い風が吹きつけていた。潮のにおいを濃く含んだ夏の風だった。


五日前に降った雨をさかいにして、東京は完全に夏に入っていた。だから、この日——六月二五日は夏を迎えて最初の日曜日であり、気のはやい家族連れなどは、三浦海岸にくりだしたりしていた。

だが、炎暑に喘ぐ都民の誰一人として、その日が後世歴史に残される一日となることを知らなかった。

その日の早朝、GHQ総司令部の当番将校が、マッカーサーの副官であったホイットニー将軍のもとに電話をかけてきた。

《将軍、こんなに早くお騒がせしてすみませんが、今、ソウルから電報がはいりました。北朝鮮が今朝四時、三八度線を越えて強力に南を攻撃したというのです……》

同じ頃、北朝鮮は、韓国《かんこく》が三地点で三八度線を越えた、といって非難、戦争勃発《ぼっぱつ》を声明していた。

一九五〇年六月二五日、こうして朝鮮戦争の火蓋は切って落とされたのである。

第二章　独《どっ》覚《かく》

1

大乗仏教の思想の核をなすものに、〈偉大な乗物《マハー・ヤーナ》〉という教えがある。衆生を迷いの世界から〈彼岸〉に渡してくれる乗物という意味である。これに対して、小乗仏教は、〈劣悪な乗物《ヒーナ・ヤーナ》〉と呼ばれている。

この二つの言葉ほど、大乗と小乗との関係を的確に表現しているものはないだろう。大乗が、この世に存在する総《すべ》てのものの完全な〈さとり〉をその究極に目的とするのに比して、小乗の目的はあくまでも自身だけの〈さとり〉だからである。〈自利と他利〉のために教誡《きょうかい》に努める者を〈菩薩《ぼさつ》〉と呼び、〈自利〉だけのために教誡に努める者を〈独覚〉または〈声聞《しょうもん》〉と呼ぶ。〈独覚〉は独りで覚り、人を救ったりはしようとしない聖者、〈声聞〉にいたっては、たんに仏の声を聞いた者ということでしかない——むろん、両者とも〈菩薩〉の下位に位《くらい》し、大乗の立場からいえば外道でさえある。

一般には、大乗仏教は原始宗教の一種にすぎなかった小乗仏教を補充・拡大し、より完成させたものであると考えられている。現実に、小乗仏教は東南アジアの数ヵ国で信奉されているに過ぎず、確として世界宗教の位置を占めている大乗仏教の勢力とは比ぶべくもない。
が、大乗仏教は、その教義のなかに大きな矛盾を抱えている。つまり、ブッダが実在した生身の人間だった、ということをついに容認しきれなかった……ブッダが解脱ではなく、生物としての死を遂げたという事実を、その教義では説明しきれてはいないという矛盾である。

ブッダの生物的死を、大乗仏教の教義で説明しようというのは、本末転倒であるかもしれない。〈さとり〉を得たはずのブッダが、生物的な死を遂げたという事実に直面し、その事実を受け入れることをどうしてもできなかった弟子たちが、大乗の道を模索し始めたといえるからである。弟子たちは、応身仏、報身仏、未来仏、過去仏というように、ブッダを抽象的な存在にすることで、ブッダは過去から未来にわたって繰り返し現世に現われ衆生を救うと考え、その生物的死を無視して忘れようとした。己一人の〈さとり〉が無意味であると考えられるようになったのも、多分、ブッダの生物的死が弟子たちに与えたショックが、その原因だったのだろう。

弟子たちが、これほどブッダの教義を自由に解釈できたのもゆえのないことではない。ブッダは生前自分の教えを文字に残そうとはしなかったし、晩年には教えを説くことさえほとんどしなかったという。彼の死後、弟子たちは手がかりらしい手がかりも与えられずに、自力でその教えを理解しなければならなかったのである……。

ブッダのこの沈黙が、仏界にひとつの翳《かげ》を落とすことになる――ブッダは独力で〈さとり〉を得、そして、晩年にはほとんど沈黙したまま死んでいる……それでは、ブッダ自身が、小乗でいう独覚であったということになりはしないか、というのがその翳である。

　小乗を異端視する大乗の立場からすれば、ブッダが独覚ではなかったか、と考えるのは彼に対する冒瀆《ぼうとく》でさえあるだろう。

『無嘆法経典』が決して人の眼にふれることがないのもそのためである。

『無嘆法経典』……ブッダの従弟であり弟子でもあった調達《デーヴァ・ダッタ》が書き残した経典である。調達《デーヴァ・ダッタ》自身に関しては、ブッダに反逆した人物として知られているだけだが、彼の残した『無嘆法経典』は、ブッダは独覚であった、と断じていることで、広く仏界にその存在を知られている。むろん、存在が知られているだけで、実物を見た者はほんの数名を数えるだけであろう――。

『無嘆法経典』が、これほど大乗の徒に忌み嫌われているのには、実はもうひとつ理由《わけ》がある。そこには、ブッダ入滅後五六億七〇〇〇万年を経て現世に現われる弥勒《みろく》さえも独覚である、と著されているのだ。しかも、弥勒こそ悪しき独覚で、ぜひとも滅ぼさなければならないのだ、と……。

　弥勒。

　梵語《ぼんご》のマーイトレーヤのことで、中国では慈氏と訳されている。

　この兜率天《とそつてん》で修行を重ねているという菩薩の名が、文字となって残されたのは、『弥勒成仏経』が最初であるというのが一般通念になっている。しかし、実は、それより古く、

『無嘆法経典』にその名がすでに著されているのである。

『無嘆法経典』に弥勒の名が著されているという事実が、仏教学者たちに、ひとつのジレンマを与えている。

西遊記の主人公として有名な、唐の玄奘三蔵《げんじょうさんぞう》の記した『大唐西域記』に、

《無著《むじゃく》菩薩は、夜になると天宮に昇り、慈氏（弥勒）菩薩のおられるところで、『瑜伽師《ゆがし》地論《じろん》』などを学んだ》

という一節がある。

つまり、三世紀の後半から四世紀の前半にかけて、慈氏という名の人物が実在していたというのである。このことから、弥勒信仰は、兜率天上の未来仏と実在の僧侶の名とが混同されることで始まった、と仏教学者たちは考えている。はるかに古い『無嘆法経典』に弥勒の名が残され、しかも悪仏と著されているという事実は、仏教学者たちにとっては、断じて受け入れ難いことになるのである。

むろん、この慈氏という名の僧侶が独覚ではなかったか、と疑う仏教学者は一人としていない。玄奘三蔵の記述を信じて、この僧侶がふしぎな能力を持っていた、と考える者もいないし、彼がどうやら誰かに殺されたらしい、ということを気に止める者もいない。

まして、中国史において〈弥勒教匪《ひ》〉と呼ばれた反乱の指導者たち——沙門法慶とか、宗子賢といった連中が、それぞれに弥勒を自称し、幻術を操るのにたくみであった、ということと、この僧侶との間に共通点を見いだす者など一人もいるはずがなかった。

五六億七〇〇〇万年。

この数字は、弥勒をなにか忌むべき存在と知っていた人たちが、かれの出現をはるか未来に置くことで、その関わりを断とうと考えたことからくる数字ではなかったろうか。そうでなければ、衆生を救ってくれるはずの未来仏の出現を、どうしてこれほど先に延ばしたりする必要があったのか。

『無嘆法経典』には、ブッダが、弥勒が、そして、独覚がなんであるかがつぶさに著されているという。そうではあるのだが、いや、多分、それだからこそ、『無嘆法経典』が人眼《ひとめ》にふれることはまずないだろう。

『無嘆法経典』は、朝鮮半島、板門店の南方にある一寺院に隠匿されているという。

雨が降っている。

結城は仕事を休んで、三光町の居酒屋で昼酒を飲んでいる。コンクリートの三和土《たたき》に、カウンターだけという安直な居酒屋で、客の大半は学生である。コップ一杯の焼酎《しょうちゅう》が三〇円、つまみは塩辛を盛ったどんぶりが幾つか置いてあるから、各自勝手につまめばいい。

結城は酔い始めていた。まだ二杯とは飲んでいないのだが、昼間に飲む焼酎は、ことさら胃にしみるようだった。

「親父《おやじ》、こんな話を知ってるか」

結城は、カウンターの内側で肌ぬぎになって、しきりにウチワを使っている居酒屋の親

父に、声をかけた。この不良め、というような表情《かお》で見返すだけで、ろくに返事をしようともしない親父を気にもかけないで、

「こんな話だ。いいか——

『大臣、列車妨害です』

『共産党だろう』

『電車が暴走しました』

『犯人は共産党だろう』

『台風がくるそうです』

『共産党のせいだ』

『いよいよ暑くなりました』……」

そこで一息きると、すかさず結城の声音を真似て、横から声がかかった。

「畜生ッ！　共産党の奴《やつ》め」

話の落ちをひっ攫《さら》ったのは、さっきから店の隅で飲んでいたこれも学生らしい二人連れで、してやったり、という風に笑いだしている。結城も苦笑した。この笑い話は、三木トリローの冗談音楽のヒット作で、確かにこんな店で口にするには知られすぎているようだった。

しかし、この笑い話を笑ってばかりもいられないような世相になっている。下山国鉄総裁轢《れき》死《し》事件、三鷹駅列車暴走事件、東北線松川カーブ脱線事件……昭和二四年の夏に起こ

ったこれらの怪事件に対して、吉田首相は〝不安をあおる共産党〟という談話を新聞に発表、増田官房長官も共産党陰謀説をほのめかすような談話を発表した。こうした政府の態度が、共産党は怖いもの、という印象を一般に与え、ひいては、今年に入ってからのGHQレッド・パージ政策を助けることとなった。

だが、国民の何パーセントかは、ことのなりゆきに、なにかきな臭いにおいを嗅《か》ぎつけている。

〝日本を反共の防波堤にする〟というロイヤル声明、A級戦犯の釈放、警察予備隊の創設……。

結城をからかった二人連れの学生も、どうやらそのにおいを嗅ぎつけているらしい。焼酎をゆっくりと口に運びながら、ボソボソと話している。

「俺《おれ》たちも駆りだされるのかな……」

「そりゃそうさ。そうでなけりゃ、GHQが日本の再軍備を許すはずがない」

「マッカーサーの声明は本当だろうか」

「どの声明さ?」

「ソ連が北朝鮮に新しい戦闘のスタイルを教えた疑いがある、ってやつ」

「ああ……どうだかね。なにしろマッカーサーの言うことだからな。でも、ありえないことじゃない」

「本当だとすると、いよいよ第三次世界大戦が始まるぜ」

「大丈夫だろう。アメリカが原爆さえ使わなけりゃ……」

「使わないと思うか」

「……」

「俺たちも戦争に駆りだされるのかな」

「何度、同じことを訊《き》くんだ。決まってるじゃないか」

「ああ、ついてねえな。せっかく、この前の戦争で生き残ったのによ」

「今度も生き残れるさ」

「運がよけりゃ、な」

「ああ、運がよければ……」

両人《ふたり》の話を聞くともなしに聞きながら、結城は黙って焼酎を口に運んでいる。その両人とはまんざら知らない間ではない。一人は宝くじを、もう一人はピーナッツをマーケットで売っているアルバイト学生で、今まで言葉を交したことこそなかったが、結城とは何度も顔を合わせている。結城が会話に加わろうとすれば、決して両人とも拒みはしなかったろう。

だが、結城は朝鮮で起きている戦争には興味がなかった。日本が巻き込まれて、兵隊に駆りだされるようなことになったとしても、それならそれで、滅びの運命《さだめ》が全うされるだけの話だ。掟《おきて》を忘れると宣言してみても、結城が独覚であることに、なんの変わりもあるはずがなかった。

結城は女のことを考えていた。考えてもどうにもならないと分っているのに、いや、多分それだからこそ、その女のことを考えないではいられなかった。その女――崔芷恵の貌《かお》が酒に濁った結城の脳裡《のうり》に白く浮かんでいた。

――惚《ほ》れたのか……。

結城は自嗤した。滅びの運命を荷せられているはずの独覚が、もうひとりの独覚に惚れる……これが笑劇《ファルス》でなくてなんだろう。毒虫呼ばわりした男が自分に惚れたと知ったら、芷恵もやはり嗤《わら》うだろうか……。

七月一二日――午後から降り始めた驟雨《しゅうう》に、アルバイトにあぶれた学生が三人、焼酎をあおっている。二人は戦争のことを話し、一人は女のことを考えながら……。

「結城弦さんだね」

ふいに後方からそう声がかかった。

振り返った結城の眼に、見知らぬ男が立っているのが映った。鰓《えら》のはった、いかにも我の強そうな若い男だった。身体から蒸気があがっているところを見ると、どうやらこの雨のなかを傘もささずに歩き回っているらしい。

「……」

結城はとっさには返事ができなかった。まったく見知らぬ男から名前を呼ばれたのだから、それも当然だったろう。

「T大哲学科の結城弦さんだね」

男が繰り返した。錆《さ》びついたような声だった。

「そうだけど……あんたは?」

男は結城の質問を無視した。

「ちょっと、あんたに訊きたいことがあるんだ……」

他人《ひと》の名前を確かめておいて、自分は名のろうとしない。礼儀知らずな男だったが、その生硬な口調にはどこか青年の気負いのようなものが感じられた。

「なんだろう?」

焼酎のコップをカウンターに置いて、結城は訊いた。

「世耕紀夫という名を知っているか」

「世耕……」

結城はK朝連支部で会った男の貌を想《おも》いだしていた。世耕という珍しい姓の持ち主でなかったら、鴉《からす》のようなその風貌《ふうぼう》を想いだすことができたかどうか。

「知っているんだな」

男が重ねて訊いてきた。

「知っていると言えるほどには知っていない」

「回りくどい返事をする男だな……」

「回りくどいかもしれないが正確だ。一度だけ会ったことはあるが、その時だって、ろくに喋《しゃべ》りもしなかった」

「世耕はもう一度あんたと会いたがっていた。もう一度あんたと会って、ゆっくり話がしたいと言っていたのを聞いたことがある」

「……」

結城は意外だった。K朝連支部で会った時の印象では、世耕が自分に好意を持ってくれたとは思えなかった。

「そうとも。あいつはあんたを買っていた」

と、男はうなずいた。世耕の買っていたのが結城で自分ではないことが心外そうな口ぶりだった。

「わざわざそんなことを伝えに来たのか」

「それほど俺は暇じゃない。あんたの易の店が、いつもの路《みち》に出ていないことを知った時、そのまま帰ろうかと思ったぐらいだ」

「どうして帰らなかった？」

「帰ろうとしたら、あんたは多分ここだろう、と前のタバコ屋の親父が教えてくれた」

「余計なことをする親父だ……」

結城はしんそこそう思った。初対面の、しかもこれほど傲慢《ごうまん》な男と話を交すには、結城は少し酔い過ぎていた。

「それで、暇じゃないあんたが、なにをしにこんな所へやって来たんだ？」

話を早く切り上げたくなって、結城はそう尋ねてみた。

「もしかしたら、あんたが世耕の居所を知らないだろうか、と思ってね……」

「え?」

「この一週間ばかり、奴の顔を見ない。下宿にも帰っていないらしいんだ。それで、もしかしたら……」

「冗談じゃない」

結城は首を振った。

「前にも言ったように、俺は彼とは一度会ったきりだ……おかしいな。大の大人がたかが一週間かそこら雲隠れしたぐらいで、なにをそう心配することがあるんだ? 女の部屋にでもしけこんでいるのかもしれない」

「奴は童貞だ」

そんなことを考えるのさえ莫迦《ばか》げているというような表情《かお》で、男は手を振った。

「ほう、詳しいじゃないか。あんたは彼の友人かい?」

「……」

男はまたしても結城の質問を無視した。ズボンのポケットから手帳を取りだすと、鉛筆でスラスラとなにか書き込み、その頁《ページ》を破って結城にさしだした。電話番号らしい数字が並んでいた。

「世耕があんたの前に現われたら、ここに電話してくれないか……世耕がどこそこにいる、とだけ教えてくれればいい」

結城は、破られた頁と、男の顔をしばらく等分に凝視《みつ》めていたが、やがて、何も言わないでクルリと男に背を向けた。そのまま、帳場の方に向かって歩きだす。

「おい、どこへ行くんだ?」

男の怒声が追いすがってきたが、男自身は追ってくるつもりはないようだった。

勘定は百円札一枚で充分に足りた。


近くの大衆食堂で夕食をすませて、結城は下宿に帰った。玄関を開けると、

「お友達が来ていますよ」

顔をだした大家がそう言った。

「友達?」

「なんだか陰気な人だよ。わたしゃ嫌いだね。ああいうのは……」

大家のその言葉で、結城には来訪者が誰《だれ》であるかの見当がついた。

その客は、結城の四畳半に、明りもつけないで、うずくまるようにして坐《すわ》っていた。窓から流れてくる陽気な夕餉《ゆうげ》のにおいと対照的に、その男から受ける印象は暗く、なにか陰惨なものさえ感じさせた。

「しばらくでした……」

明りをつけると、そのままの姿勢で結城は挨拶《あいさつ》した。

「どうも、勝手に上がりこんでしまって……」

世耕紀夫はオドオドと頭を下げた。この前会ってからまだ一ヵ月とは経っていないのだが、髪は肩まで伸び、顔に刻まれている憔悴《しょうすい》の度もさらに深くなっているようだった。

「そんなことはかまわないけど、どうやって俺の住所を知った?」

畳に腰をおろしながら、結城はそう訊いた。

「学生課で名簿を見せてもらって……」

「なるほど、あんたはおれと同じT大だったっけな」

そう答えながら、結城はこの男は病気ではないか、と思っている。虚勢だったにしろ、この前見せた挑むような態度は、すっかり影をひそめている。なにかにとり憑《つ》かれているような眼の輝きも異常としか思えない。

「今日、あんたの友達らしい男に会ったよ」

「え?」

「いや、名前は聞かなかったが、なんだかあんたを探しているみたいだった」

「そうですか……」

世耕はうなだれた。

「ところで、なにかおれと話したがっていたということだけど……」

結城は世耕を促した。実のところ、崔芷恵の居所を知っているかどうかを訊いてみたかったのだが、憔悴しきっている世耕の姿を見ると、とてもその質問を口にする気にはなれなかった。

「はあ」

世耕はなかなか話を切りだそうとはしなかった。話しづらいという風でもなく、話したいことがいっぱいあって、どう切りだしたらいいのか迷っているという感じだった。

結城は待った。世耕がなにを話すつもりでやって来たのかは知らないが、それを結城に語ることが、彼にとってなにか大きな意味を持つらしい、という推察はついた。だから、辛抱強く待った——。

結城は、一方的に交際を求めてきた眼前の男に、興味を持ち始めている。

「教えてもらいたいのですが……」

ようやく、世耕は重い口を開いた。

「この世の悲惨にはなにか意味があるのでしょうか」

それだけだった。それだけを言うと、世耕は口を閉ざし、まじろぎもしないで結城を凝《み》視《つ》めた。

結城は眼を伏せた。

意味があるとも、無意味であるとも、いやしくも哲学科の学生であるなら、論理を重ねて、どうとでもこじつけることはできるだろう。できるではあろうが、世耕の求めているのは冗漫な言葉の羅列ではないようだった。ぎりぎり真実のところ、意味があるのかないのかを訊いているのだ。

——なぜそんな莫迦なことを訊いてくる。

ほとんど初対面にちかい人間に向かって、そんな質問を持ちだしてくる相手の無神経さを、腹だたしく思う一方、世耕の真摯《しんし》な表情に応えることのできない自分を、結城は悲しいと感じてもいた。

「それはおれにも分らない……いや、誰にも分らないことだ」

そうとしか答えようがなかった。

「いや……」

世耕は激しくかぶりを振った。

「そうじゃない。誰に分らなくても、あなたになら分るはずだ」

「ほう、これはずいぶん買いかぶられたものだな。どうして、おれなら分るんだ?」

「あなたが独覚だからです」

世耕のその言葉に、結城は自分の表情が強張《こわば》るのを感じた。

「裏小乗の独覚であるあなたになら分るはずです」

世耕は繰り返した。

結城は鳩尾《みぞおち》が痛くなるほどの驚きに襲われている。なるほど、確かに以前会った時に、裏小乗とか独覚という言葉は世耕に伝えたことがある。世耕が異常に記憶力の優れた男で、それらの言葉を憶《おぼ》えているという可能性もないことはないだろう。だが、裏小乗の独覚だから、この世の悲惨に意味があるのかどうかを知っているはずだ、という発想は絶対に持てるわけはないのだ——。

「答えてはもらえないでしょうか」

「なんのことだかよく分からない。そんな戯言《ざれごと》を、崔芷恵から聞かされたのか」

「あの女《ひと》は関係ない。とぼけないでください」

「とぼけてなんかいない。本当になんのことだか分からないのだ」

——なぜだ？　なぜこんな男がおれの正体を知っている？

結城は頭のなかで大声で喚《わめ》いていた。

「お願いします。教えてください」

「帰ってくれ」

結城はとうとう声を張り上げた。

「赤の他人の戯言につき合っている暇はない。とっとと、この部屋から出ていってもらおう」

「結城さん！」

世耕は悲痛な声をあげた。

が、たとえ彼がその場で泣き伏したとしても、結城の気持ちは変わらなかったろう。擬態を見破られた蛾《が》のように、ただもううろたえきっていたのだから。

「出ていってくれ！」

結城は繰り返した。

その語調の激しさに怯えたかのように、世耕は中腰になったが、

「結城さん、『無嘆法経典』が……」

声をしぼりだすようにして言った。

「なに?」

結城は喚くのを止めた。

「『無嘆法経典』が日本に持ちこまれたのを知っていますか。朝鮮戦争の前夜に、密《ひそ》かに日本へ運んできた人物がいるのを知っていますか?……」

2

世耕紀夫という男が何者であるのか。なにをどれだけ知っているのか?……

結城でさえ、その存在のみを知っていて、一生眼にすることはあるまいと思っていた『無嘆法経典』が日本に運びこまれているというのは事実なのか。それが事実だとして、この貧乏ったらしい世耕と『無嘆法経典』との間にどんな関係があるのか……

様々な疑問が、結城の頭のなかに渦を巻いている。その疑問を、疑問として放置したまま、世耕を帰らせるのは、結城には耐え難いことであった。

《この世の悲惨にはなにか意味があるのでしょうか……》

と、世耕は訊いた。

結城が独覚として、その疑問に答えるならば、世耕もまた結城の疑問に答えるという。

結城は、一語一語を押しだすようにして、ゆっくりと話し始めた。

「ブッダの晩年の二五年間にわたって、行動を共にした弟子に、阿難《アーナンダ》尊者という人がいる。この人の存在が、〈さとり〉ということについて、面白い示唆を与えてくれていると思う。つまり、この人は、その長い修行にもかかわらず、とうとう輪廻《りんね》を脱して阿羅漢《あらかん》となることができなかったのだ……自分では、ブッダに師事するに熱心なあまり、充分に修行することができなかった、と言ってるんだが……」

「奇妙ですね。奇妙な話だ……それでは、ブッダに師事しても修行の役にはたたない、ということにもなりかねない……」

「『大無量寿経』という経典のなかで、この阿難尊者が世尊に話しかけている場面が描かれている……もちろん、『大無量寿経』はブッダの入滅後編纂《へんさん》されたものであるし、ここに登場してくる世尊も、人間ブッダとはなんの関係もない――王舎城の霊鷲山《りょうじゅせん》にとどまって、永遠に教えを説くという一種のシンボルのようなものと考えるべきだろう……ところで、阿難尊者が繰り返して世尊に語りかけているその内容だが……人間ブッダを暗黙に非難しているととれるような内容なんだ。つまり、生きとし生ける者が総て〈さとり〉を得るのでなければ、自分は完全な〈さとり〉を得たくないと、くどいほど繰り返しているのさ――そこに、二五年間ブッダに師事してついにさとることができなかった阿難尊者の屈折を読みとることができるじゃないか……」

「ぼくにはよく分らない……それは、単に小乗から大乗への思想転換を表わしているのにすぎないんじゃありませんか？」

「そうじゃない――もしそれだけのことだったら、阿難尊者は、総ての生が正定聚《しょうじょうしゅ》となるのでなければ、自分もまたさとりたくはないとまで強い表現は使わなかっただろう」

「正定聚……？」

「そう、正定聚とは、さとりを達成することに定まっている者――そして、邪定聚とは、さとりを達成しえないと定まっている者のことをいう……阿難尊者は知っていたのさ。〈さとり〉を得られるかどうかは、あらかじめ定まっていて、修行とはなんの関係もないということを……」

「しかしそれでは、仏教とは希望のない宗教ということになる！」

「そう――おれなら、こうも表現する。さとりを達成するか否かは、たんに遺伝子によって決定されることにすぎない」

「……あなたはぼくの疑問に応えていない。一体、この世の悲惨には――」

「まあ、待つがいい――確かに、ブッダは〈さとり〉を得られることが遺伝的に決定されていた。彼の誤算は、あるいは悲劇と言いかえてもいいが、その〈さとり〉が生理的なものであることに気がつかなかったということだ……調達《デーブァ・ダッタ》にそうと教えられるまではな」

「調達《デーブァ・ダッタ》……？『無嘆法経典』を書いた調達《デーブァ・ダッタ》のことですか」

「そう、ブッダに反逆したと伝えられている調達《デーブァ・ダッタ》だよ……彼もまた〈さとり〉を得ることができた。が、同時に、それが生理的に決定されているにすぎないことにも気がついた――多分、ブッダほどヒューマニストではなかったのだろう。そして、ブッダにその事実を告げた。あなたのやっていることは偽善にすぎないぐらいは言ったかもしれない。そしてその結果……ブッダは頑《かたく》なに口を閉ざすようになり、失意のまま死んでいった。一人の独覚としてな――」

「あなたは！　いや、あなたたちは……」

「そうだよ。おれたちの世尊はブッダではなくて調達なんだ。正しかったが、しかしあまりに酷《むご》い事実を口にしたために、反逆者の烙印を押された調達が、おれたち裏小乗の世尊なんだ！」

ねっとりと熱を含んだ風が、窓から入ってくる。どこかで、酔った女が流行歌を歌っていた。

「ぼくは、あなたが裏小乗に属する独覚であるということは知っていました……だが、裏小乗がなんであるか、独覚とはなんであるかはまったく知らない――それに、〈さとり〉とはどういうことであるかも……」

「聞きたいか」

「もし、それが、あなたがぼくのした質問に応えるのに必要であるというなら……聞きたい」

「後悔するぞ」

「ぼくはブッダではない」

「いいだろう――奇妙なことに、調達もまた教団をつくっている。これはおれの想像だが、多分、当時としては非常な合理主義者であった調達は、同じ遺伝子を持つ独覚集団を組織することで、遺伝子の強化をはかれると薄々は気がついていたのではないだろうか——その時点では、調達さえも未《いま》だ〈さとり〉になんらかの可能性があると考えていたということだな——ところが、この独覚集団が、ある時を境にして、別の一派に積極的に接近し始めた……当時、まだ弱小宗派にすぎなかった『法華経』を生みだした教団に、ね」

「待ってください。それはおかしいじゃないですか…ブッダの布教活動にさえ反逆した調達が率いる教団が、〈他利〉を目的とする大乗教団に接近するというのは」

「歴史的な事実だよ——仏教学者たちは、『法華経』を生みだした宗派は、自衛のためには反逆集団とさえ手をむすばなければならなかったほど弱小だった、とこの間の事実を説明しているのだが……調達の教団の側から、この友好関係を説明する、ということはあまりなされていないようだ」

「どうしてだったんですか」

「〈さとり〉に絶望したからだよ——独覚そのものを、地上から抹殺した方がいいと考えたからだよ」

「……」

「〈さとり〉とは一体なんであるかは、後に回すとして……裏小乗のことをまず説明しようか。他の国のことは知らん。だが、独覚が日本に渡ってきたのは、平安時代のことだったと伝えられている——『法華経』と密教の大日如来とは縁が深いから、多分、その関係で密教の祈禱《きとう》師のなかにでもまぎれこんだんだろう——何人の独覚が大陸から渡ってきたのかは伝えられていないが、彼らが日本にやってきたのはもちろん布教のためではない……そうでなくても数の少ない独覚を、世界に拡散させることで、その体質を——遺伝子を消滅させることが彼らの目的だったんだ——おれたち一族の目的は、ただただ自分たちが滅びていくことにあったのさ」

「そんな——滅びていくことが生存理由だなんて矛盾じゃないですか」

「矛盾だよ……だが、やむをえないことでもあったんだな……彼らの役割は、滅んでいくことと、その土地の独覚を見つけて、彼らをも滅びの仲間に組み入れる——拒まれれば殺す、ということにあったんだから……調達の流れをひく独覚だけ死ねばいい、というものでもなかったのさ」

「独覚というのは、そんなに数多くいたんですか？」

「遺伝だからな——いや、遺伝病みたいなものだと言ってもいい……西インドの調達が組織しえたのだが、全部の独覚であるわけがないだろう。もっとも、遺伝に関係しているだけに、地域的なかたよりはあるらしい。独覚がヨーロッパで見つかったという記録は残っていないからな。せいぜいが、イラン止まりだったようだ……」

「すると、あなた方は、この二〇〇〇年というもの、ただ自分たちと、自分たちと同じ遺伝子を持っている者を滅ぼす——それだけを目的としてきたというのですね」

「そうだ……おれたちの一族は、子を持つことを罪悪としてきた。たまたま子を持つようなことになれば、その子には、できる限り多くの土地の独覚を滅びの仲間に組み入れろと教え、それ以上孫ができないことを祈ったという……少なくとも、日本では成功したようだよ。現在、我々の一族は日本に二〇人とは残っていないだろう。多分、おれの代で一族は死滅する――」

「それほど、そこまで徹底して滅ぼさなければならなかった〈さとり〉とは、一体なんなのですか」

「それに応えることが、同時にあんたがおれにした質問に応えることになる――だが、本当にいいのか？　聞かなかった方がよかったと後悔することになるぞ」

「その応えを聞きたくて、ぼくは結城さんに会いに来たんです」

すでに時刻は零時を回っていた。

二人の青年は、互いの眸《め》をくいいるように凝視《みつ》め合っていた。

『無嘆法経典』の情報を得るために、また世耕の正体を知りたいがために、一族の話を始めたのだということを、結城はほとんど忘れてしまっている。滅びるために生まれてきた己の峻烈《しゅんれつ》な運命《さだめ》が、いまさらのように彼を昂《たかぶ》らせていたのだった。

世耕の表情《かお》も蒼白《そうはく》になっていた。

「おれたち独覚には六つの力が備わっていると言われている。仏教でいう〈六神通〉だ。つまり、天眼《てんげん》、天耳《てんに》、他心智、神作智、宿命通、漏尽通――の六つの力だ。実のところ、おれ自身は、これらの力を、使いたいとも使えるとも思っていない。ごく普通の人間として滅びていけというのが掟であるし、事実、おれも試そうとしたことさえない——だが、これだけは言える。これらの能力を解放すれば、その時、おれは人間ではなくなる。いや、多分、生物でさえなくなるだろう」

「〈六神通〉というのは、具体的にはどんな力のことなんですか」

「およそ人間が望み得る総ての超能力を含んでいると考えればいい……そのなかには、総ての欲望を消してしまうという能力まで含まれている——つまり、環境への完全適応というわけだ」

「……還境への完全適応？」

「環境そのものになると言った方が分りやすいかもしれない。神作智一つをとってみてもそうだ。思いのままに何処にでも行き、思いのままに姿を変えうる能力——ある意味では、こんな能力を獲得した生物は、環境に屈服したということだ」

「そんな！　どうしてですか」

「おれの友人に理科畑の人間がいる。専門は物理学だが、生物学、特に進化のことにも詳しい……これから話すことは、彼の受け売りなんだが——」

「その人もあなたの一族ですか」

「……あいにくだが、その質問に応えるわけにはいかないな。まあ、黙って聞いてくれ。彼の説によると、通常進化《りょうせい》と呼ばれているものの多くは、単に退化でしかないということだ……たとえば、両棲類以来ずーっと五本であった手の指が、馬のように一本指になってしまう。確かに走るという点から見れば、これは適応が増したということで、進化したというべきかもしれない。だが、一本になってしまった手の指は、もう他の適応の可能性を含んでいない。だから、実際には、これは特殊化したということであって、正確には進化したとはいえない……と、まあ、おれの友人は言うわけだ。現に、次のものを生みだす可能性が増した場合を進化、適応がただ増した場合は特殊化、とはっきり分類している科学者も多いそうだ」

「人間は?……人間の場合はどうなんでしょう」

「特殊化だそうだ。しかも、退化を多く伴い過ぎた特殊化だということだ。尾が退化してゆく、耳の筋肉が退化してゆく、足の指が退化してゆく……」

「しかし、脳を——進化した脳を、それらの代償に得ることができた」

「特殊化した脳を、だ——複雑になりすぎて、どうにもこれ以上変わりようがない。前頭葉に未発達な部分があるといっても、そこが発達するには、肉体的な……いや、人間の構造そのものが変わる必要がある——生物学の方の言葉じゃ、進化の袋小路とこれを呼ぶそうだ——」

「だが、そうだからと言って、これ以上人間の脳が進化する必要がどこにありますか?人間の脳は充分に……」

「完全だというのか」

「……」

「そうじゃあるまい。もしそうだとしたら、この世の悲惨にはなにか意味があるのか、ときみが訊くこともあるまい――己の生に意味があるのかと考えたり、人類が絶滅してしまうほどの爆弾を抱えるような真似をしたりすることもないだろう。人間はそれ以外の進化の可能性を総て排除して、脳を特殊化させて――結局は、その脳もでき損いにしかならなかったわけだ」

「しかし――」

世耕は絶句した。うつむいて懸命になって言葉を探している世耕を、結城はなにか痛ましいような思いで凝視《みつ》めていた。

ふいに、世耕は顔を上げた。

ひどく明るい表情をしていた。異常な、躁病《そうびょう》を思わせるような表情だった。

「それでは、つまり、あなたたち独覚が、構造が変わって進化した人間たちというわけですね。六神通という能力は、脳を離れた、新しい人間の可能性なんでしょう? 遺伝子によって、〈さとり〉が得られるかどうか定まっているというのは、進化の可能性が突然変異かなにかで――」

「違う! あんたはまったく分っちゃいないんだ」

「え?」

「もし独覚が人間の進化の可能性であるとしたら、調達の教団がどうして自分からその可能性を摘みとったりするものか――もちろん、彼らは、進化とか遺伝子とかいう言葉は知らなかったろう。だが、彼らが、自然に対して正確なイメージを摑《つか》んでいたのは確かなようだ。事実、仏教の世界観は、最新の物理学や宇宙論と合致する点が多いという——六神通という能力が、人間の退化につながることを、調達は直観していたのさ」

「ぼくにはまだよく分らない……どうして、あなたたちの能力が人間の退化につながる、とそうはっきり断言できるのですか」

「だから、六神通を獲得するということはそのまま環境に……いや、具体的な例をあげた方が分りやすいだろう——これも、おれの友人の受け売りなんだが、ヴィールスというやつは普通考えられているように生命《いのち》の始原形態ではなく、最もすれっからしの、高等生物とは独立に進化の道を歩むことになったある種の生物の退行化したものではないか、という説があるらしい——最初のうちは、余分なものをふり落としていくという形で着実に進化していったのだが、そのうちに、他の生物の代謝系を利用することが可能になり、やがては自身の代謝系を必要としない寄生生物に退化してしまった……つまり、ヴィールスに関しては、進化することがそのまま退化することだったわけさ」

「それじゃ、つまり人間も！……」

「ようやく分ったようだな。人間の脳はでき損いのまま、進化の袋小路に行き当ってしまった。多分、人間に残されている進化の可能性は、〈さとり〉を得ることしかないのだろう。我々独覚のように、な……だが、環境と対立するよう性格づけられている物質構造のなかに進化の要因があるとしたら、環境そのものになってしまうということが、はたして真の進化につながるだろうか――退化してゆくだろう、とおれは思うね。〈さとり〉という形で進化を押し進めていけば、ヴィールスがたどった道と同じ道を、人間もまたどっていくことになるだろう。滅びの道を、ね……これが、調達が、己の一族に滅んでいくことを命じた理由なのさ」

「それでは、結城さんは、人の世の悲惨にはなんの意味もない、とおっしゃる――ただ、無意味に苦しんでいるだけのことだ、と」

「そんなことはおれは知らん。誰にも応えられないことだ。だが、あんたが願ったように、独覚として応えるならば、……進化の袋小路に行き当ったでき損いの生物が、無意味に苦しむのはなんのふしぎもない――いや、その苦しみに意味があるかどうかと考えること自体、脳ができ損いであるという証拠のようなものだろう……」

突然、世耕が呻《うめ》き声をあげた。頭を抱えて畳に突っ伏し、身体《からだ》を震わせ始める。

虚脱したような表情《かお》で、結城は慟哭《どうこく》する世耕を凝視《みつ》めていた。

――なぜ、おれはここまでしゃべってしまったのだろう。

ぼんやりとした頭で、彼はそう考えている。世耕の正体を知りたくもあったし、『無嘆法経典』の所在を知りたくもあった。確かに、それはそうなのだが、結城の能力――たとえば他心智――を使えば、なにも結城が洗《あら》い浚《ざら》いぶちまけるまでもなく、それらのことを世耕の心から読みとることもできたのだ。己の能力を解放することを固く禁じている結城ではあるが、天耳と他心智ぐらいだったら、時に使うことがあってもさしつかえはあるまいと思っている……。

——それがどうして？……結城は繰り返し自問した。

分らなかった。

いや、本当は分っていたのかもしれないが、それを認めることは、自分の甘さを容認することでもあるように結城には思えた。

ため息をひとつつくと、結城はすすり泣いている世耕に言った。

「さあ、今度はきみのことを喋ってもらおうか」

長い夜だったが、明るくなるまでにはまだしばらく時間があるようだった。

3

七月も三〇日になっている。

アジア最強の軍隊と評されていた韓国軍を、開戦後わずか三日で崩壊させたのをかわきりに、北朝鮮軍は非常な善戦を続けている。秋風嶺《チュプングリョング》、金泉《キムチヨン》と南下してきた北朝鮮軍によって、米軍は晋州《チンジュ》からも撤退することになりかねないほどの、苦戦を強いられているという。

地上での苦戦を空で埋め合わせようとするかのように、アメリカ空軍はB29爆撃機を次々に北朝鮮に送りだしていた。二四日には、北朝鮮上空に二四八回のB29出撃が行なわれ、平壌《ピョンヤン》だけで一三〇トンの爆弾が投下されたと伝えられている。爆撃にはナパーム爆弾という新兵器が使われているらしい。ナパーム爆弾は衝撃によって爆発し、炎となって燃えあがり、高オクタンのジェリー状ガソリンの小滴を、何百万個となく撒《ま》き散《ち》らすという。

が、日本国民のほとんどには、朝鮮戦争に関する正確な情報は伝えられていない。二五日、東京のマッカーサー司令部によって、厳重な検閲制度が布告されている。それは司令部のいかなる決定、または連合軍兵士の行為へのどんな批判をも禁止するものであった。

そのせいもあってか、日本に再び徴兵制度がしかれ、朝鮮に連れていかれた日本兵は米人の弾丸《たま》よけとして使われるそうだ、という噂《うわさ》がまことしやかに東京で囁《ささや》かれている。そんな不安な噂が流れている一方では、日本は米軍の安全地帯として、軍の装備や補給に積極的に協力し、敗戦以来の経済的窮境からようやく立ち直り始めてもいた。

結城が銀座に姿を見せたのは、三〇日も始まったばかり、午前七時のことであった。昨日《きのう》、一昨日《おととい》と降り続いていた雨は、どうにか上がったとはいうものの、空はどんよりと曇り、早朝からひどくむし暑かった。日曜日のことで、さしもの銀座にも人通りは少なく、路肩に停《と》まっている空の輪タクだけが目立った。

並木通りの、そこだけは敗戦国らしくない華やかな一角に足を踏み入れると、結城は、〈シャトウ〉というクラブに入っていった。米軍の将校が主に利用するクラブで、三方を酒棚とカウンターで囲み、ゆったりとしたスペースにテーブルとソファを配置するという、当時としてはしゃれた店だった。

むろん、早朝のことで、店内には人影は見えない。ただ一人、結城を待っていたGSのファインマンをのぞいては——。

「遅かったですね」

ファインマンはテーブルを立って結城を迎えた。

「五分ほど遅れました」

ニコリともしないでそう答えると、結城はファインマンと同じテーブルについた。

「早速ですが、仕事の話をまず済ませてしまいましょう」

ファインマンが言う。

「いいですよ。こちらもその方が気が楽だ」

結城の表情《かお》は強張っている。どうしても、GHQに対する日本人情報提供者という立場にこだわってしまうのだ。

「あの世耕紀夫という男だが、T大の哲学科に在籍しているのは間違いない」

無表情な青い眸《め》をひたと結城にすえて、ファインマンは話しだした。レポートでも読みあげているような抑揚のない声だった。

「学内での政治的立場は、多少過激な社会民主主義者というところですか……ここ半年ばかりは、在日朝鮮人連盟と共に活動することが多かったようです。郷里は岡山、係累は岡山の方に伯父がいるだけ。それぐらいのことで、他にめだった経歴もない。典型的な、農村出身の上昇志向型の青年ですね」

「服部猛雄《はっとりたけお》との関係は？」

「分らない。我々が調査したところでは、服部と彼との間には、どんな関係も見つからなかった……もっとも、あなたの下宿に現われる前一週間ぐらい、世耕は行方不明になっていた。その期間に、両者の間になんらかの接触があった、と考えられないこともないですけどね」

結城は腕を組んだ。

世耕の話によると、服部猛雄という人物に会ったこと、その服部が『無嘆法経典』を朝鮮から持ちだしたと語ったこと、それを漠然と記憶しているだけで、時、場所、前後関係などはまったく憶えていないという。なぜ結城と会わねばならないと強迫観念のように思いつめるに至ったかも分らない……頼りない話だが、世耕にとっては、それがかけ値なしの本音のようだった。

——他心智だろう。

と、結城は考える。服部という男が、独覚としての超能力を使って、世耕を操ったに違いない。だが、こんな回りくどい手段を使って、世耕紀夫を結城に送り届けたその真意はどこにあるのか……？

服部猛雄という男は、一体なにを考えているのだろう？

結城は組んでいた腕をほどいた。

「お願いしたもう一つの方は、調べてくださいましたか」

ファインマンは露骨に厭《いや》な表情をした。

GSという機関で働いているが、彼の本質は、軍人というよりむしろ官僚に近い。対立しているG2ではあっても、同じGHQ内の機関を誹謗《ひぼう》するのは、役人として抵抗を感じるのだろう。

だが、まったく見返りを要求せずに動き回っている結城の機嫌を損じることの愚も、ファインマンはよく心得ていた。

「調べました」

とうなずいたファインマンの表情は、もう平静なものになっている。

「確かに、あなたの言われたとおり、朝鮮・板門店の南方に小さな寺院がありました。ただし、六月二五日の朝には砲撃でもうなくなっています――」

「韓国側の砲撃ですね」

「そうとばかりは断言できない。その寺院は韓国側の領土にあったのですからね。二五日の朝の北朝鮮の攻撃によって――」

「米国務省の公式発表を訊いているわけではありませんよ」

結城は唇を歪《ゆが》めていた。

「分りました」

と、ファインマンはため息をついて、

「韓国側の工作班が爆破したのです。東京のG2が指令してやらせたというのも、どうやら確かのようです。ただし、朝鮮の無名の小寺院を、どうしてわざわざ爆破させたのかは見当もつきません——」

見当ならついている、と結城は頭のなかでつぶやいていた。『無嘆法経典』が狙いだったのだ。

『無嘆法経典』を朝鮮から持ちだした人間が、その事実を隠すために、G2を動かして寺院そのものを爆破したのだ。服部が麻薬を使ってG2を意のままに動かしているというファインマンの話が本当なら、その人物は服部以外には考えられない。

——確かに、なにかとんでもないことが起こっているようだ。

胸の底が冷たくなるような思いで、結城はそう考えた。そう考えながら、一方では服部猛雄もまた誰かに動かされているのではないか、と疑っていた。

——誰に動かされているというのだ？

一つの名前がちらりと結城の頭によぎっていった。

——そんなばかなことが……。

結城は慌ててその名前を頭から追い払った。

内心の葛藤《かっとう》とは無関係に、彼の唇は言葉をつむぎだしている。

「どうも——それだけ伺えば、今日は充分です。なにか分ったら、またこちらから連絡します」

「そうですか」

ファインマンは繰り返しうなずいた。

「あなたたちは、確実に服部機関に接近しているようですね……ろくに援助することもできないで、心苦しいです」

「いや」

結城は苦笑しながら席を立った。

実際に動き回っているのは結城一人であることをファインマンは見抜いているはずなのだが、そうと知っていて、あなたたちとけろりと言ってのける面憎さが、結城にはむしろおかしかった。

外へ出た結城は、人通りのない早朝の銀座を駅に向かって歩きだした。

おれは一体なにをやっているのだろう、という憂鬱《ゆううつ》な思いが結城の頭を占めていた。

「おい」

声が呼びかけてきた。

結城は振り返った。一度聞いただけだが、その声には聞き覚えがあった。

電柱の蔭《かげ》から一人の男がゆっくりと姿を現わした。居酒屋で飲んでいる結城の前に現われて、世耕のことを色々と話していった男だった。

「おれを覚えているかね」

男は言った。結城と同じワイシャツに学生ズボンという服装で、やはり、結城と同じように銀座という背景には似合っていない。

「ご苦労なこったな、おれを見張っていたのか」

無感動な口調で、結城は応えた。

「そういうことだ」

脂の浮いた顔をつるんと撫《な》でて、男は苦笑いした。

「もしかしたら世耕のことがなにか分るんじゃないかと思ってね。昨夜から、ずーっとあんたの部屋を見張っていた。夏だからいいようなものの、けっこうきつい仕事だぜ」

まるで、結城に罪があると言わんばかりの口ぶりだった。

ごく自然に、二人は肩を並べて歩きだしていた。

「おれは海野《うんの》というんだ。学部は違うが、あんたと同じT大の学生だよ」

「どうした風の吹き回しだね？　この前の時は、おれが何度尋ねても名のろうとしなかったのに」

「まあ、そう言うなよ――あの時からだって、もうずいぶんたっている。本当に、世耕のことが心配になってきたのさ」

「世耕の友人だというのは本当なのか」

「正真正銘の友人さ――どうやらその口ぶりじゃ、世耕の居所を知っていそうだな」

「……」

「どうなんだ」

海野の口調が硬くなった。脇から覗《のぞ》き込むようにして、結城の顔を凝視《みつ》める。

「世耕はどうして行方をくらましたんだ？　よかったら、その前後の事情を話してくれないか」

海野の質問をあっさりと無視して、結城は逆に訊き返した。海野の表情に怒色が浮かんだが、

「いいだろう」

自分を圧《お》さえるような声で言った。

「……世耕は、おれたちの仲間だ。おれたちというのは……まあ、政治的立場を共にする学生の集まりぐらいに考えてくれればいい」

もって回った言い方をする、と結城は頭のなかで嗤った。むろん、口に出したりはしない。

「だが、世耕という男は、なんというかちょっと気の弱すぎるところがあってね。警察にパクられて、なにかおれたちのことをしゃべっちまった――いや、しゃべったんじゃないかとおれの仲間たちに疑われてしまった。実際にしゃべったのかどうかは、誰にも分らないことだがね。とにかく、おれたちは彼を査問委員会にかけて……」

「もういい」

「え？」

「もういいと言っているんだ。どこにでも転がっているようなありふれた話だ。後の経過は大体の想像がつく――あんたは、世耕の友人だという。だが、その友人が世耕をノイローゼ寸前まで追いつめたんだ。姿をくらまさなければならないまでに、世耕を痛めつけたんだ。それで、友人面が聞いてあきれる」

「やはり、あんたは世耕に会っているんだな」

肩で押すようにして、海野は結城の前に立ちふさがった。表情が蒼《あお》ざめて《かお》いる。

「今、世耕はどこにいる」

「言うわけにはいかないな」

「なんだと」

「世耕がおれと会った時、彼は完全な精神失調に陥っていた。なにも信じられなくて、なにか頼るものが欲しい――そんな状態だったんだ。一人の男をそんな捨て犬みたいにしちまったのはあんたたちだ。会わせるなんて、もっての外だ」

「世耕は党員だった！」

海野はほとんど吼《ほ》えていた。

「自ら、組織の側に立つことを選んだ人間だったんだ。革命とその政権とを尊重することを誓った男なんだ――帝国主義国家の裁判機構を認めず、党の規律と理想に殉じることを誓った男なんだ」

「会わせるわけにはいかないな」

結城は繰り返した。

海野は唇を震わせて、結城を睨《にら》みつけた。眼が血走って、鼻翼が開いている。

——殴りかかってくるか。

結城は身構えていた。

海野の身体からフッと力が抜けた。眼をつぶって、喘《あえ》ぐように大きく息を吸うと、

「分った」

かすれた声で言った。

「今日のところは、世耕に会うのはあきらめよう……だが、これだけは信じて欲しい。おれもまた組織の人間であるし、そうである以上はそれがどんなに苛烈《かれつ》なものであろうと、組織の規律に従わなければならないと信じている。現に、査問委員会では、おれ自身で世耕を尋問している——しかし、だからといって、それが世耕に友情を感じていないということにはならないだろう?」

「……」

結城は応えなかった。応える必要があるとも思わなかったし、応えたいとも思わなかった。

「それじゃ——」

海野は肩を落として、結城から離れていこうとし、

「世耕は元気でいるかね」

振り返って訊いた。

「衰弱しているよ――一度、郷里に帰ったらどうかと勧めてみるつもりだ」

冷淡な声で、結城は言った。

「それもいいかもしれないな……」

その言葉だけを残して、海野は立ち去っていった。革命に殉じると言い、組織の人間であると言い放った彼の後ろ姿は、どういうわけかひどく淋《さみ》しげに見えた。

結城もまた歩き始めた。

海野の思いがけない出現のおかげで、世耕が精神的に追いつめられていたことが分った。追いつめられて、仲間たちの前から姿を消して、そして……。

――そして、それから一週間後に、おれに会いにやって来たわけだ。問題は、その一週間に、彼の身になにが起こったのかということだ。どうして、赤の他人であるおれの下宿に現われたのか?……

結城は駅に向かって歩き続けた。歩き続けながら、ある決意を胸に固めていた。

同じ日の夜、結城は古在昇一の部屋にいた。

荻窪にある古在の部屋は、結城の貧相な四畳半と違って、鉄筋の二間続きで、小さいながら台所らしいものもついている。一応、一間を書斎、もう一間を寝室という風にして使っているらしいが独身《ひとりみ》の古在には広過ぎるようだった。

だからというわけでもないが、結城は古在に頼み込んで、世耕を彼の部屋に預かってもらっていた。

「悪いが、あの男をこれ以上預かるのはごめんだな」

本がうず高く積まれた書斎で、古在は結城にそう宣言した。しきりにパイプをふかしているが、その手つきがいかにも神経質そうだった。

「……」

結城は黙っている。

「今は、あの男も睡眠薬を呑《の》ませて隣に寝かせてあるから静かなもんだが……いつもは、朝から晩まで、のべつぼくに話しかけてくる——それも、人生に意味があるかとか、人間は本当にでき損いであるかとか、そんなくだらんことばかりだ。ノイローゼだかなんだか知らないが、実際、迷惑だよ」

「それが、くだらんことだろうか？」

結城は顔を上げた。

「くだらんことだね」

と、古在は吐きすてるように言う。

「大学の研究室助手なんて、雑用ばかり多くて、ろくに勉強する暇もない。だからといって、まめに論文でも発表していないと、競争からとり残されてしまう——その上、ぼくには翻訳のアルバイトがある。正直、ノイローゼの学生の相手をしている時間はない」

結城は、しゃべり続ける古在の顔を凝視《みつ》めていた。

古在は、結城より六つは年上のはずであった。小田切も、藍も、古在より若い。それだけに、古在は、自分が属している一族の運命《さだめ》に拘泥しないで、たくみに世の中をわたっていくすべを最も心得ているようだった。物理学者として名をなすことを人生の目標に置き、いささかのためらいもなく、一歩一歩前進していく——確かに、それは、賢明で、着実な生き方であったかもしれない。

だが、古在のそんな生き方に、時に結城は苛《いら》だちを感じることがある。おれたちは滅びるために生まれてきた人間なんだ、という言葉を投げかけたくなることがある。

今がその時だった。

「だが、あんたは声聞《しょうもん》なんだよ——忘れたのかね」

ふいに結城は古在の言葉を遮った。

「それがどうしたというんだ?」

古在はあっけにとられている。

「いや」

と、結城は首を振った。苦い、自己嫌悪を感じた。

古在がどんな生き方を選ぼうと、結城が口をはさむ筋合いではない。それに、独覚というのは人間が退化する前段階ではないか、と結城に囁いたのは古在なのだ。古在の生き方が外見《そとみ》にはどう映ろうと、彼もまた己の運命を忘れられないでいるに違いない。

「ぼくが声聞だから、どうしたというんだ」

古在が重ねて訊いてくるのを、

「いや」

結城はもう一度あいまいに首を振ってはぐらかすと、

「隠していて悪かったが、実は、あの世耕という男、おれが裏小乗の独覚であることを知っているんだ」

口調を変えて言った。

「なんだって！」

古在はパイプを口から放した。

「知っているって、またどうして？」

「おれもよくは分らんのだが……」

結城は、ここ二週間ばかり、世耕と知り合ってからの経過をゆっくりと話しだした。古在は腕を組んで聞いていたが、話が『無嘆法経典』のくだりにさしかかると、ピクリと眉《まゆ》を上げた。

自分で言ったとおり、結城にもほとんどなにも分っていないのだから、話が終るのにさほどの時間を要するはずがなかった。

「うむ」

結城の話が終ると、古在は再びパイプをくわえて唸《うな》った。

「……服部機関か。こうなってみると、薬草寺の話もまったくのでたらめというわけでもなさそうだな」

「ああ――弥勒がどうこうという話は眉つばだが、とにかく服部猛雄がG2を動かしてなにかやっているのは確からしい。それで、おれは考えたんだが……」

「ちょっと待った」

「え？」

「おまえさん、まさかファインマンの口車に乗って、その服部機関というやつと、一合戦やらかそうというんじゃないだろうな」

「そんなつもりはなかったが、気がついてみたら、もう片足踏み込んでいた……それに、服部という男がおれたちの一族の一人であることは間違いないんだからな」

「独覚かね」

　古在は鼻で嗤った。こういうシニックな口ぶりになった時、彼の頭脳は最もよく働いている。古在とは、そういう男だった。

「最近、古本屋に、進駐軍から流れてきたペーパーバックが山積みになっている……その中に、超能力者《エスパー》だの、新人類《ミュータント》だのという話がよく混じっている。いかにもアメリカ人が喜びそうな、あっけらかんとしたご都合主義的な話が多くて、ぼくは大好きなんだがね――そういう話を読んでいると、このヒーローはそっくり独覚の資格を備えているじゃないか、とよく思うことがある。ブロンド美女と最後に幸せに結ばれる熱血ヒーローの超能力が、我が憂鬱なる独覚のそれと同じとは、どうだね——皮肉な話じゃないか」

「なにを言いたいんだ？」

「別になにも。ただ、そうやって自分は独覚の一人だ、といつも肩ひじを張っているのも疲れるだろうと思ってね」

「疲れるさ——だからってどうしたらいい？　おれもブロンド美人でも探すか」

「忘れるんだ」

古在は布切れでパイプを磨いていた。結城と交している会話などにはパイプの艶《つや》ほどの興味もない、とでも言いたげに一心に布切れを動かしている。

「なにを忘れる？」

「自分が独覚であることを。滅んでいけという掟のこともだ——いや、もう少しぼくにしゃべらせてくれ」

結城がなにか言いかけるのを、手を上げて制して、古在は話を続けた。

「確かに、かつて独覚と名づけられた人間たちがいて、独覚であるがために、滅んでいくことを運命《さだめ》として引き受けなければならなかったのは事実だろう——だが、もう終ったんじゃないだろうか。独覚たちは滅びきったんじゃないだろうか？……」

「多分、おれたちの代で滅びるだろう」

「そうじゃない。ぼくの言ってるのは、そんなことじゃないんだ」

古在の声がわずかに激したものになった。が、パイプを磨く手を止めようとはしない。

「いいかね。ぼくは声聞の一人だ。独覚ほどの力を備えてはいないが、それでも、仏の声を聞くことができるという声聞なんだ——しかし、現実には、ぼくはそこらにいる並みの人間と少しも変わらない一人の男でしかない。別に聞きたいとも思わないが、いまだかつて仏の声など聞いたこともないし、これからも聞くことはないだろうと確信している……なんとか、この世の中に自分の席を見つけようとあがいている、どこにでもいる青二才の一人なんだ」

古在は一息言葉を切って、

「ぼくは、独覚にしろ、声聞にしろ、その遺伝子はとっくに消滅していると思う——きみは独覚なんかじゃないんだ。多分、その痕跡《こんせき》をわずかに身体に残しているだけの、ごくノーマルな一人の人間なんだ……きみが、天耳とか他心智とか呼んでいる能力は、確かにいくらか異常な能力であるかもしれないが、たとえば優れた易者だったら、その程度のことはやってのけると思う……服部機関のことなんか忘れてしまえ。あの世耕とかいう男は、郷里へ向かう列車に乗せてしまえばいい——独覚としてではなく、一人の並みの男として生活を始めるんだ」

結城は黙りこくっていた。

奇妙にしんと静まり返った夜だった。

古在のパイプを磨く音だけが、きゅっきゅっと部屋に響いていた。

やがて、結城がひどく平静な声で言った。

「おれもそうであってくれたらと思う。だが、おれは、あんたほど自分は独覚ではないと確信できないでいる……おれがさっき考えたのだがと言ったのは、実は、そいつを確かめる方法を思いついたということなんだよ」

「確かめる方法……？」

「ああ、天耳や他心智だけではなくて、天眼と宿命通も試してみようと思うんだ。その二つの能力が、おれに備わっていないとはっきりしたら、その時、自分はただの人間であると確信できるような気がする」

「だが、どうやって？」

古在の眼は、今、完全にパイプから離れて、結城にしぼられている。

「世耕だよ——天眼と宿命通の二つを使えば、彼の失踪《しっそう》期間中の行動を観ることができるはずだ。もしそれが世耕にとって忘れた方がいいようなことなら、その記憶をより完全に消してしまうこともできる——その上、おれのこともはっきりする……一石三鳥じゃないか」

結城の唇には薄い笑いが浮かんでいた。

「悪いけど、世耕を起こしてきてくれないだろうか……」

「……」

古在の手からパイプがポトリと落ちた。呆然《ぼうぜん》として結城を凝視《みつ》めている古在は、自分が布切れでなにもない空間を磨いているのに気がついていなかった。

4

闇《やみ》に似ていた。だが、闇ではない。

視覚が、聴覚が、触覚が渾然《こんぜん》となって、まったく新しい感覚を結城に与え、その感覚があまりに未知なものであり過ぎるために、暗く感じられるのだ。

時に、ひどく鮮やかな色彩が、闇の向こうにきらめいたように見える時もある。が、その色彩が、実際に何色であったかは認めることができない――もしかしたら、そのきらめきは、色彩とは無関係な、なにか認識のようなものであるかもしれない。

認識のようなものであるかもしれないが、結城自身が、すでに認識者としての存在感をほとんど失《な》くしてしまっている。内臓の温もり、皮膚感覚というような、生存に伴うごく基本的な感覚が、ゴッソリと欠落してしまっているのだ。それらの肉体感と分ち難くからみついていた自我《エゴ》が、その影を薄くしていくのも、また当然であったろう……。

芒洋《ぼうよう》として展《ひろ》がっている闇に似たもの――結城はそのなかの一個の極微点であり、同時に展がりそのものであった。

事実、結城は、闇の側から、自分を見ている眼、のようなものになっている己にしばしば気がついた。

が、それもほんの一瞬のことである。

彼の存在はしだいに闇に溶解していき、たゆたい、浸透し、拡散していくのだった。

——これが涅槃《ねはん》か……。

結城はかつてない安らぎが、自分を包むのを覚えた。だが、なぜかその安らぎに身をゆだねきることができないのだ。なぜか……

音。

そう、音なのだ。今まで、まったく意識にのぼることがなかったのだが、確かに一つの音が執拗《しつよう》に続いている。

チッ・チッ・チッ・チッ……

その音が続いている限り、結城は、〞個〟を脱しきることができない。その音が、聞いている結城と、聞こえてくる闇との間に一線を引いているのだった。

悲しみが結城を満たした。悲しみは、やがて憤怒にと変わっていく。絶望にも似た憤怒にと。

——この音はなんだ？ なにがおれの解脱を妨げるのだ？……

チッ・チッ・チッ……時計か？

時を刻む音。

古在の部屋にかかっている古い柱時計。

古在は言った。

《どうも厭な予感がするんだ。思いとどまった方がよくはないか？……》

——だが、おれはやりたかった。遠い昔、調達という男がつくりあげた掟に、これ以上しばられるのはもうごめんだった。それに、もしかしたら、おれは独覚なんかじゃない、ということがはっきりするかもしれない……そうとも、おれはやりたかった。

世耕もそれを望んでいた。

世耕は言った。

《催眠術だかなんだか知らないけど、ぼくもあの一週間のことをはっきりとさせたい。喜んで実験台になりますよ……》

世耕紀夫。

あの男と服部機関——もしくは、『無嘆法経典』との関係を知るために、彼がほとんど喪失してしまっている一週間の記憶を、天眼と宿命通で観ること。

結城は声を限りに絶叫した。いや、絶叫したと思ったのだが、その声は、彼自身の耳にさえ入ってこなかった。

ついさっきまで、彼の内と外とを満たしていたように思えた安らぎは、今はもう完全に拭《ぬぐ》いさられていた。

残ったのは、寂寥《せきりょう》感。

そして、耐えきれないほどの寒さ。

——一体、なにがあったんだ？……天眼と宿命通を世耕に試そうとして、彼を前にして、おれは必死に精神力を集中させていた。そこまでは覚えている。そして……恐怖が加わった。

孤独、寒さ、恐怖——そのいずれもが、結城の自我《エゴ》をそれだけで切り離し、あらゆるものから隔絶させていくのだった。

闇はもうなかった。

あるのは、結城の閉ざされた自我《エゴ》だけ。いつもの、懐疑的で、悲観的な結城弦だけであった。

——おれを涅槃に押し込めようとしたやつがいる。

と、結城は覚《さと》っていた。天眼と宿命通を試すために解放しきった結城の念力を、脇からひっさらって、涅槃の域まで運んでいったやつがいるのだ。もし、結城が涅槃に身をゆだねきっていたら、現実の彼は生きて知覚を持たない植物のような人間になっていたろう。

罠《わな》。

世耕紀夫は罠だったのだ。いずれは、独覚の一人が世耕に向かって、その念力を解放することを見越して、誰かが送り込んできた罠なのだった。

古在！

結城は仲間の名を呼んだ。おれを正気に戻してくれと泣かんばかりに頼んでいた。

が、なんの反応もない。

解放されて、そして閉じ込められている念力に自縛された結城は、現実には、指一本動かすことのできない状態に陥《お》ち込《こ》んでいる。

——だが、古在はどうしているのだ？　おれの身に起こった異変に、なにか気がつきそうなものじゃないか？……

自分自身の念力に宙づりになりながら、いや、念力そのものに化していながら、結城の思考は激しく働いていた。古在はなぜ気がつかないのか？

結城の思考は唐突に凍りついた。

——古在がおれの呼びかけに反応しないのは、むろん、彼も同じ状態にいるからだ。彼ばかりではあるまい。たぶん、どこか遠くにいる小田切も、藍も、同じ状態に陥ちているに違いない。

結城はようやく自分が犯した失態の大きさに愕然《がくぜん》とした。世耕は誰かが送り込んできた、言うならば人間爆弾のようなものである。そして、結城はその人間爆弾に天眼と宿命通をかけることで、その誰かのために、念力の通路を開いてやったのだ——そいつは、結城を通じて、今、独覚一族を意のままに操ろうとしている。たぶん、全員を死に至らしめるために……。

結城はもがいた。

己がつむぎだしたまゆからどうしても脱出できなかったさなぎがそうするであろうように、狂わんばかりになってもがいていた。

が、脱出できなかった。

狂うことも許されなかった。

ふっと結城の視界が開いた。固く結城を閉じ込めている念力の一角がポッカリと開いて、そこから奇妙に遠い感じの色褪《あ》せた情景が浮び上がってきた。覗きからくりのなかのそれのように、現実感に乏しい情景だった。

それは、当然、結城が見るべきはずの、古在昇一の部屋ではなかった。そこには、古在も、世耕の姿も見えなかった。だが、結城には見覚えのある部屋だった。

——これは、薬草寺だ。薬草寺の庫裡《くり》……。

結城は呻いた。

それがいかに現実感に乏しい情景であっても、今、自分が観ているのは現実そのものに間違いない、と覚ったからだった。この瞬間、古在が、小田切が、藍が、同じ情景を観ているはずであった……独覚一族を完全に無力な状態に陥とし込めたそいつは、勢いのおもむくままに、結城たちにはおよびもつかない強力な他心智を操って、彼らの視覚を薬草寺へと持っていったのだった。

薬草寺では一つの事件が進行しつつあった。

その朽ちかけた建物の内部《なか》で二つの存在が闘っている。いや、正確には、一方がもう一方によってなぶり殺しになっているというべきだろう。

なぶり殺しのめにあっているのは、独覚一族の長老——薬草寺の住職であった。そして、もう一方は……

結城は絶叫した。絶叫は、一人の人間の口からふりしぼられたものではなかった。同じ瞬間に、四人の人間が恐怖に喚いていた。

薬草寺の生命《いのち》は尽きかけていた。

天眼をよくし、強い念力を持っているはずの薬草寺が、他方が放つとてつもなく強い念力に、その生命力を吸い尽され、庫裡の床でのたうっていた——薬草寺が死ねば、結城が、結城が死ねば、次は他の三人のうち誰かが……独覚一族は、そいつが放射する念力によって最後の一人まで殺されていくだろう。

そいつには形がなかった。

ただ、恐ろしく巨大な存在であるとだけは分った。巨大で、一片の人間味すら持ち合わせていない存在だった。その眼には見えない酷さが、独覚一族を無力に痺《しび》れさせ、恐怖に喚かせるのだった。

念力こそ庫裡に煮えたぎってはいるが、多分、そいつ自身は庫裡にはいまい。どこか遠く離れた所から念力を送り、薬草寺を悶死《もんし》させ、精神エネルギーを全開にしている結城を中継点にして、東京の独覚一族をも一気に葬りさる——そんな業《わざ》が可能なほど、そいつは巨大な存在なのだった。

床につっ伏したまま、薬草寺はピクリとも動こうとしなくなった。その破れた衣から投げだされた四肢が枯れ木のように見えた。

——次はおれの番か……。

すでに結城は覚悟していた。庫裡のなかで渦を巻いていた念力が、遥《はる》か空間を超越して、結城という一点に収斂《しゅうれん》し始めていた。結城にできるのは、ただ待つこと、そして、死の苦痛が永びかないのを望むことだけであった。

庫裡の情景が薄れだし、実在感を失くし始めた。それと反比例して、結城を包んでいる念力が急速に硬さを増していく。

う！

結城は苦痛に喘いだ。

結城が今閉じ込められているのは、自身の念力ではなく、悪意の権化のような存在が放つまったく異質の念力であった。彼の自我《エゴ》は血しぶき、引き裂かれていった。

死ぬしかなかった。

自分が死んでいくことが、ごく当然であるように思えた。自分の失策が、古在たち仲間をも死に引きずり込むことになったのが、ただ一つ無念であった。

——これで楽になれる。やっと、な……。

結城はそう考えていた。もう半ば死んでいるのだった。

まだ楽にはなれなかった。

遠く背景に押しやられ、夢のなかのようになっていた庫裡で、薬草寺が片肘《ひじ》をついて半身を起こすのが見えた。そのゲッソリとやつれた死相に、眼光だけが炯々《けいけい》としていた。

——老師！

と、結城が叫ぶのと、

「漏尽通！」

薬草寺の声が結城の頭に響くのとがほとんど同時だった。

一瞬のうちに、総ての念力が溶解した。

激しい衝撃が結城を襲った。

一つになっていた感覚が、視覚に、聴覚に、触覚に割れていった。視覚は古在の部屋を、聴覚は結城のあげた悲鳴を、触覚は床の硬さをそれぞれに認知していた。

今、苦痛に喘ぎながら、床をのたうっているのは、生身の結城弦であった。

柱時計の時を刻む音が再び聞こえてきた。

「大丈夫か、おい、しっかりしろ」

緊張した古在の声が聞こえ、結城は乱暴に身体を揺すられた。

「ああ」

やっとの思いでそれだけを応え、結城は身体をあおむかせた。

電灯がともされていたが、その明りはすでに力を失くしていた。窓の外が明るくなっているのだ。

結城はなにも考えられなかった。全身が脂汗でぬるぬるしているのが気持ちが悪い、とそう思っただけだった。

「今、何時だろう？」

痺れた舌を動かして、結城は訊いた。

古在が疲れた声で応えた。

になる。

「朝の六時だ……」

朝の六時――それでは、結城は、まる一晩を、己の念力にからめとられて過ごしたこと

――あれは現実のことだったのか？……

結城は自問する。

そうだ、と応えざるをえない。床に膝《ひざ》をついて結城を見下ろしている古在の顔がゲッソリと消耗しているのが、あれが事実であったことをなによりよく物語っている。

結城はようやく身体を起こした。

「あれを見たか」

乾いた声で古在に訊く。

「うむ」

なにか釈然としない様子で、古在はうなずいた。

結城は古在の態度に頓着《とんちゃく》しないで、言葉を続けた。

「薬草寺は死んだな」

「どうして、そうと断言できる？」

「漏尽通だよ――薬草寺がそう叫ぶのを聞いたろう」

結城の声にはなじるような響きが含まれていた。古在があえて事実から眼をそむけているように思えたのだ。

「漏尽通か……あらゆる欲望を断ち、再び迷いの世界に生まれないことを覚る力――確かに一種の自殺ではあるな……だが、だからといって、薬草寺が死んだとは限るまい」

力のない声で古在は反駁《はんばく》した。窓から差し込んでくる朝の光のなかで、顔が蒼ざめて見えた。

「死んだのさ」

と、結城は断じた。

「そうでなければ、おれたちがこうして生きているわけがない……漏尽通を使って己を殺すことで、薬草寺はあいつの念力からおれたちを救ったんだ――」

「あいつか？……もっとはっきり言ったらどうだ。え？　弥勒と言ったらどうなんだ」

ふいに古在は結城につっかかってきた。

「そう思っているんだろう？　薬草寺は弥勒に殺されたと考えているんだろう？……とんだお笑い草だよ。そんな手にひっかかるものか！　天眼だとか宿命通だとか言っていたが、実際は、おれに催眠術でもかけたんじゃないのか」

「あいつが弥勒じゃないと、本当に思っているのか」

静かな声で、結城は応えた。その冷たい視線に耐えきれず、古在は顔をそむけた。

「分ってるはずだぜ。おれたち独覚一族の掟には、滅びと、もう一つ、弥勒を倒すことが含まれている……玄奘三蔵の『大唐西域記』のなかに出てくる弥勒を殺したのは、おれたちの祖先だった。六世紀の初め、北魏《ほくぎ》で起こった大乗賊の乱を圧さえるのに奔走し、その首領で、自ら弥勒と名のっていた幻術使いの沙門法慶を殺したのも、またおれたちの祖先だった。隋《ずい》の大業九年、弥勒仏の出世と自称し、反乱を起こそうとした幻術使いの宗子賢を倒したのも独覚一族だった——独覚一族が日本に渡ってきたのは平安時代だったというあんたの説から外れるが、藤原仲麻呂を追放しようというクーデターを謀っていた橘奈良麻呂を、時の権力者に密告したのも独覚だった、とおれは考えている。奈良麻呂が、クーデターの共同謀議の会を弥勒会と呼んでいたのは事実だからな。多分、奈良麻呂自身が弥勒だったのだろう……冗談じゃない。五六億七〇〇〇万年どころか、弥勒は頻繁に出現しているのだ。あいつが弥勒だったとしても、なんのふしぎもないだろう」

「しかし、弥勒とは一体なんなのだ!」

古在はとうとう悲鳴をあげた。

「それは分らない」

結城は首を振った。

「だが、これだけは言えるんじゃないか。弥勒が出現すると、そこには必ずといっていいぐらい、戦《いくさ》が惹起《じゃつき》されることになる——だからこそ、独覚一族は弥勒を倒すことを掟づけられているのだ、と……」

「弥勒なんかであるものか」

古在は執拗にかぶりを振り続けている。

「そんなはずがない」

結城は顔をそむけた。

自分を合理的な近代主義者であると認じている古在にとっては、昨夜のことはありうべからざる体験だったのだろう。なんとか合理的な解釈を見いだして、人格崩壊をまぬがれようとするのも無理はない。だが……

「おい」

と歔じみた声をあげると、結城は突然立ち上がった。顔が蒼白になっている。

驚いて頭を上げた古在は、結城の眼が部屋の一隅を凝視しているのに気がついて、自身も同じ方向に視線をやった。

「う！」

古在も立ちあがった。

ソファの上で、世耕紀夫が死んでいた。眼をかっと見開いて、おびただしい量の血糊《ちのり》を吐きながら死んでいるのだ。

結城と古在は呆然として立ちすくんだ。昨夜の奇怪な体験が、二人に世耕の存在をそっくり忘れさせていたのが、なおさら驚きを大きくさせていた。

窓から入ってくるラジオ体操の音楽。

ドアの新聞受けがコトリと鳴って、朝刊が差し入れられた。

我に返ったのは古在の方が早かった。

「ちくしょう、なんてこった」

小声でののしりながら、ソファに近づき、古在は死体を調べ始めた。

「死因はなんだ?」

結城がかすれた声で訊いた。

「めちゃくちゃだよ」

と、古在は吐き捨てるように応えた。

「肋骨《ろっこつ》が折れて、内臓がつぶれている——」

南方に引っぱっていかれて、さんざん死体を見慣れているはずの古在が、結城を振り返った時には、細かい汗を顔いっぱいにふきださせていた。

「おれの責任だ……」

結城の声は滅入《めい》っていた。

「普通の人間が、あのすさまじい念力に耐えられるはずがない。彼に天眼と宿命通を試そうなぞとおれが考えさえしなければ——いや、せめて、世耕がおれたち独覚一族を滅ばすために送りこまれてきた罠だ、と覚っていたら、彼は死ななくてもすんだはずだ」

「罠?……」

古在が分らないという表情をして見せた。

「そうだ。多分、服部という男の知恵だろう。学生仲間から裏切り者あつかいされて、精神状態が異常になっていた世耕に、独覚と『無嘆法経典』のことをふきこんで、おれの所へ送り届ける。もちろん、事前に、他心智でも使って、世耕の記憶をあいまいにしておく。

そうすれば、おれが天眼と宿命通をかけて、世耕の記憶をはっきりさせようとする、と見込んだのだろう……精神力を全開にしたおれを中継点にして、独覚一族を全滅させようというのが狙いだったわけだ――」

結城の声は、しだいに感情を圧さえた、くぐもったものになっていた。

「分らないのは、服部と弥勒との関係だが……」

「あいつが――庫裡のなかにいたあれが、服部だったとは考えられないか」

「そうじゃあるまい。服部がどれほど優れた超能力者であるかは知らないが、庫裡に渦巻いていた念力はとても人間業とは思えない」

「それじゃ、あれはやはり弥勒――」

咽喉《のど》になにかからんだような声で、古在はつぶやいた。

死体に据えられた結城の眸《め》に怒りの色が浮かんでいた。

「弥勒でなければいいのだが、とおれも思うよ。だが、服部の後ろに見える恐ろしく危険な存在、と薬草寺が言っていたのは、あいつのことに違いない……どうやら、薬草寺の思惑どおり、おれたちはあいつと闘うことになりそうだな……こうなってみると、薬草寺の遺言になってしまったが――」

「おれたち！」

古在は悲鳴をあげた。

「冗談じゃない。ぼくはそんなばかげたことに関わり合うのはごめんだ。君はくだらん想像をしている。ぼくたちが同じような幻覚を見たというのも、別に弥勒を持ちださなくても、どうとでも説明できるはずだ」

「たとえばどんな?」

結城は冷やかに古在を一瞥《いちべつ》した。

「たとえば、集団ヒステリーで人が死ぬかね?」

結城は死体に向かって顎《あご》をしゃくった。

古在は沈黙した。

「薬草寺も死んでるよ。電報でも出してみればはっきりするだろう……心配しなくてもいい。誰も一緒に闘ってくれ、と強制したりはしない」

結城はドアに向かって歩いていった。

「ま、待ってくれ」

古在は慌てて結城を呼び止めた。

「どこへ行くんだ?」

ノブに手をかけた姿勢で、結城は古在を振り返った。

「車の手配をしてくる。悪いが、今日一日だけ死体を置かしてくれ。暗くなったら、車で運びだしてどこかへ捨ててくるから——」

古在が力なくうなずくのを確かめて、結城は部屋を出た。

身体は熱っぽく疲弊しきっていたが、頭は奇妙に冴《さ》えていた。そのしんと冴えきった頭に、ある声が響いていた。

《この世の悲惨にはなにか意味があるのでしょうか？》

結城は唇を嚙《か》んでいた。

あれがなんであろうと、時代に翻弄《ほんろう》され、ズタズタに傷つけられた一個の真摯な魂を、まるで捨て石のようにして無残に死に追いやった行為を許すわけにはいかない。

結城はそう考えていた。たとえ、あれが弥勒であるとしても……。

第三章　声聞《しょうもん》

1

進駐軍特殊慰安施設《RAA》が銀座に設置されたのは、昭和二〇年八月二八日のことである。〈進駐軍慰安のための大事業に協力するダンサー及び女事務員募集〉――RAA本部の前の募集看板にはそう書かれてあったが、実情は、アメリカ兵相手の売春であった。国家が惹《ひ》き起《お》こした戦争によって焼けだされた若い女性たちが、同じ国家の手で、それまで鬼畜と教えられてきたアメリカ人相手の売春行為を強いられたのである。

一回二〇円から三〇円の相場で、彼女たちは日に三〇人からのアメリカ兵を慰安しなければならなかったという。女の取り分はわずかに三割、〈日本の一般婦女子の貞操を守るため〉という大義名分のもとに、協会は膨大な利益を得ていたのである。

RAAは昭和二一年三月に閉鎖されている。だが、アメリカ兵相手の政府公認の売春が潰《つぶ》されることはなかった。昭和二五年、米兵が女を買うために日本に落とした金は、実に一億一〇〇〇万ドルにまでのぼったのである。

米軍高級将校のためには、〈ビッグ・セブン〉と呼ばれる七つのクラブが準備された。これら高級コール・ガール・クラブは、いずれもGHQが接収した建物のなかで経営され、内務省警保局がその管理にあたったという……。

だが、さらにもう一つ、特殊な嗜好を持つ将校たちのために、〈エイト〉と呼ばれる施設が実在していたことはあまり知られていない。

旧鶴尾子爵邸が〈エイト〉のために使われた。この種の行為が行なわれるには相応《ふさわ》しい邸《やしき》ではあった。戦前、フランスに遊学していた鶴尾子爵が、帰国後、フランスの宮殿を模してつくらせたもので、二階建てと小規模ながら、マンサアル風石造建築を忠実になぞらえてある。前庭には花壇をおき、正面入口にはギリシァ建築を模した柱廊までつくられているという凝りようなのである。

現在、鶴尾子爵は新橋の方でおしるこ屋を経営しているという。今や、この邸の主人は、蓮見藍《はすみあい》という名の女性であった。蓮見藍は女主人《ホステス》として、この邸に住まう総《すべ》ての〝女〟たちのうえに君臨しているのである。

朝だった。

天蓋《てんがい》つきのベッドのうえに、藍はその均整のとれた身体《からだ》を長々と伸ばして、惰眠を貪《むさぼ》っている。

もう意識はなかば眼覚《めざ》めかけているのだろう。たゆたうような夢のなかを、かなりはっきりした思考が貫き始めている。

――私は何者なんだろう？……

その自問が繰り返されているのだ。蓮見藍、この〈エイト〉の遣《や》り手婆《てばあ》さんというところね……でも、本当にそうなんだろうか。夢のなかでそう想《おも》っているだけで、夢から覚めれば、別の私に戻るのじゃないかしら。そんなはずはないわ。私は蓮見藍という名前で、この〈エイト〉の女主人なのよ——でも、私は何者なんだろう?……子供の時から、私はそれだけを知りたかった。どうして私だけが他《ほか》の皆と違うのかが分らなかった。誰《だれ》にも尋ねることはしなかった。他人《ひと》に尋ねれば結局はいじめられることになるのだし、お母さんに尋ねれば悲しそうな表情《かお》をされるだけと分っていたからだ……私は泣かない子供だったように思う。泣いているところを誰かに見られて、なにを泣いているのか訊《き》かれるのが怖かったからだ。だから、泣かなかった。いつでも泣きたいような気持ちだったけど、泣けなかった——でも、一度だけ泣きじゃくったような覚えがある。あれはいつのことだったろう? なにが悲しくて、私は泣いたのだろう?……

　意識の縁で、電話が鳴っていた。

午前中はよほどのことがない限り鳴らないはずの電話だった。今やはっきりと眼覚めた藍の意識には、軽い憤りが混じっていた。

　ベッドのなかから腕を伸ばして、卓のうえの電話を取る。

「はい」

「あ、私です……」

　執事の山村《やまむら》だった。執事といっても、やっていることは旅館の番頭と変わりなく、また、その正体が情報収集のために某政府関係機関から回されてきた役人であることも、藍には分っている。

「なんの用なの？」

藍の声は険しかった。

「お客さまです」

「客？……だめじゃないの。午前中は誰にも会わないし、電話もとりつがないようにとあれほど言っておいたのに」

「はあ、私もそう申しあげたのですが、大事な用件だからぜひともお会いしたい、とおっしゃるものですから……」

「ふうん、名前は？」

「結城弦《ゆうきげん》さまとおっしゃいました」

藍の眉《まゆ》があがった。

「結城さんが……？　分ったわ、下の応接間に通しておいて。支度したら、私もすぐにおりていくから」

受話器を置くと、藍はベッドから抜けだした。シルクのガウンを引きずりながら、浴室に入っていく。シャワーの水音が聞こえ始めた――。

二〇分後、藍は応接間で結城弦と対峙《たいじ》していた。

朝のことでエア・コンがほとんど効いていず、天井にとりつけられているファンが、夏のけだるい空気をかき回していた。山村がテーブルにコーヒーを置いて、部屋を出ていく

のを待ちかねたように、

「薬草寺が死んだよ……」

結城が言った。

藍の表情は変わらない。平然として、コーヒーに口をつけると、

「あいかわらずコーヒーをいれるのが下手くそだこと」

サラリと言ってのけた。

「驚かないようだね」

「なにが？」

「薬草寺が死んだことに、さ」

「だって、もう年齢《とし》だったわ……」

そう答えながら、この男《ひと》は少しやつれたようだ、と藍は考えている。やつれて、前より不幸に見えるわ……。

「そうじゃないだろう」

「え？」

「薬草寺が死んだことはもう知っていたんだろう」

「そうね……死んだんじゃないかとは思っていたわ。そんな夢を見たから……」

「あれは夢なんかじゃない」

結城は沈痛な表情《かお》をしている。

「夢なんかじゃないことは、きみにだって分っているはずだ。おれも古在も同じものを見たんだ。まだ確かめてはいないが、多分、小田切も同じものを見ているだろう……あの後、おれは雲来郷に出かけて、薬草寺の死を確かめてきた――」

「そんなことを言いに、わざわざいらっしゃったの？」

「そんなことだって」

結城は唖然《あぜん》としたらしかった。

「そうよ……」

藍の声音はひどく冷たかった。

「私はあの夢を見た時から、いつかはこうして結城さんがやって来ると思っていたわ。パンパン宿ぐらいに考えて、ただの一度も来てくれたことのないこの〈エイト〉にね――ファインマンの依頼に応じるから、救《たす》けてほしい……結城さんが今日来たのは、それを言うためじゃないかしら」

「そのとおりだ」

結城はうなずいたが、

「どうやら、無駄足だったらしいがね」

そうつぶやくと、苦い笑いを頬《ほお》に刻んだ。

「確かに無駄足だったわね」

藍は容赦しなかった。

「この邸を見て、私の暮らしを見て——私は独りきりでここまでやってきたわ。この生活を独覚一族なんかのために捨てられると思って」

「きみはまだおれたちを恨んでいるのか」

「恨んでいるわ。あなたたちは私を毎日いじめたわ」

藍は薬草寺での生活を今も昨日《きのう》のことのように想いだすことができる。自分にはまったく責任のない身体の違いを言いたてられて、藍は連日のようにいじめられたのだった。

「おれたちは子供だったんだ」

結城の声には哀願するような響きが含まれていた。

「私も子供だったわ」

そう切り返した藍の言葉に、結城は眼を伏せた。力なく落とした肩がゲッソリとやつれて見えた。

「……分った。どうやら、おれが勝手にすぎたらしい……」

独り言のようにそうつぶやくと、結城は席を立った。そのまま逃げるようにして、部屋から出ていこうとする。

「待って」

と、藍が呼び止めた。ドアのノブに手をかけたまま、不審げに振り返る結城に、

「こういう所では男たちの口が軽くなるものよ。たとえ、GHQの将校といえどもね」

藍は言った。

「その口の軽くなった将校の一人から聞いたんだけど……マッカーサーが人が変わったみたいになっているそうよ」

結城は眉をひそめた。

「どういうことだ?」

「どういうことなのか私にもよく分らないわ。ただ、その将校の話によると、マッカーサーが人が変わったみたいに好戦的になっているそうよ。あの男に朝鮮をまかせておくのは非常に危険だ——彼はそう言っていたわ」

「……」

振り返って、藍を見ている結城の眸《め》に、なにかに思い当ったような色が浮かんだ。

「そう、私も同じことを考えたわ」

藍はうなずいた。

「誰かが他心智を使って、マッカーサーを操っているのではないかってね。もちろん、マッカーサー本人も気がつかないうちに……」

結城の唇がわずかに動いて、一つの言葉をつむぎだした。弥勒《みろく》——。

そのまま挨拶《あいさつ》もしないで、結城は部屋を出ていった。藍の眼には、心なしか結城の足がふらついているように見えた。

結城の出ていったドアを、藍はじっと凝視《みつ》めていた。ふいに疲労感が藍の肩に重くのしかかり始めていた。

——今の私は醜い顔をしているに違いないわ……。

藍はふっとそんなことを考えた。

後ろのドアが開いて、山村が顔をだした。

「おや、お客さまはもうお帰りになったのですか」

その質問を無視して、

「私はきれいかしら」

気のない声で藍は訊いた。

「それはもう……」

山村は大仰にうなずいて見せた。

「そう……」

藍は山村から顔をそむけた。下らない男だと思った。

——そうだわ……。

藍は眼を閉じた。私が泣いたのは、あの時だった。仏教書のなかから、変成男子《へんじようなんし》という言葉を見つけた時だわ……その昔、サーガラ竜王の娘たる者、帰依心が非常にあつく、女であるために〈さとり〉を得ることができないのを哀れんだブッダが、これを男に変えてやった……ブッダの慈悲が、私のような女をつくった。いつでも、私は何者なんだろう、と自問しなければならないような女を……その皮肉さに私は泣いたのだわ。その無慈悲さが私を泣きじゃくらせたのよ……。

閉じた眼から、一筋の涙が頬にしたたり落ちたのに、藍は気がついていなかった。

この頃《ころ》のマッカーサーがいかに異常に見えたかについては、五〇年に朝鮮にいたイギリス人R・W・トンプソンの、次のような言葉が残されている。

《およそ信じ難いことだが、声がつぶれ、髪も薄くなったこの男は、アジア征服の夢をいだいていて、自分を超天皇と見なしていただけではなく、西側のジンギスカンと思い、制止されなければ、周囲の世界を征服しようとしていた……》

2

数年前までは兵営に使われていた建物である。見る人が見れば、どこが兵舎で、どこが銃器庫だか分るはずだ。終戦直後、焼けだされた人たちが、練兵場にバラックを建てたのがそもそもの始まりだった。あっという間に、兵営は板材で細分され、トタンの屋根が釘《くぎ》で打ちつけられた。

すなわち、兵隊横町の誕生である。

現在《いま》の東京で、これほど安く、しかも安心して遊べる場所はない。食い物はなんでもあって、酒も舶来ウィスキーからバクダンまで飲めないものはない。ただ、女だけはどの店でも絶対に売らない。女を売らないから、安いし、やくざもこの横町《しま》には眼をつけようとしないのである。

その夜、兵隊横町の〈酒楽〉という小さな店で、小田切誠は酒を飲んでいた。カウンターだけの店で、客は小田切の他に中年の男が一人いるだけである。カウンターの内側には誰もいない。この店の経営者渡辺碤子は醬油《しょうゆ》をかりに外へ出ていた。

——渡辺碤子か……。

小田切は頭のなかでその名をつぶやいた。彼女と小田切が出会ったのは、敗戦の年、有楽町のガード下でのことだった。碤子はその時一六、係累を総て戦争でなくし、生きるために身体を売ろうとしていた。大陸から復員してきたばかりの小田切が、最初の客として声をかけられたのは、まったく偶然に過ぎなかったのだ……。

——おれはなぜ寝ようともしないで、碤子を保護し、今まで面倒をみてきたのか。五年を経た今も小田切にはそれが分らなかった。別に照れることはあるまい。惚《ほ》れているからだ。だが、惚れているからばかりではないような気もする……おれは碤子を救うことで、自分も救われたかったのではないだろうか。戦争中は誰も救えなかったし、だから独覚一族の一員であるおれも救われることはなかった。なかでも厭《いや》だったのは戦時強姦《ごうかん》というやつだった。もちろん、被害者にしてみればそんな感傷など唾《つば》を吐きかけたくなるだろうが、おれには強姦している兵隊も同じように哀れに思えてならなかった。結城だったら、人間なんて所詮《しょせん》滓《かす》さの一言でかたづけるかもしれない——おれは弱虫なのか。偽善者なのか。戦争中誰も救えなかったその埋め合わせに、碤子を守り、店を持たせるためにヘロインの運び屋までやったのか……だが、それも終った。碤子は利口で美しい女に成長した。近頃じゃ、この〈酒楽〉は他人《ひと》にまかせて、自分は芝居の勉強をやりたいと言いだしている。芝居か。おれのような男には、縁のない世界だ……。

「なにを考えているのかね」

それまでカウンターの端で黙々と飲んでいた中年男が、ふいに声をかけてきた。

「……」

小田切は黙って首を振ってそれに答えた。

「そうじゃあるまい。多分、この店の磔子嬢のことを考えていたのだろう」

中年男は遠慮容赦もなくそう突っ込んできたが、その声は意外に温かかった。

小田切とは今夜が初対面ではない。さほど回数は多くないが、忘れた頃にフラリと顔を見せる客なのである。いつも独り――。磔子の問いに、仕事は講談師であると答えているのを、小田切も聞いたことがある。名前は坂口《さかぐち》。磔子も小田切も講談には詳しくないから、どの程度に有名な講談師であるのかは分らない。

年齢から考えると、実にいい体格をしている。髪を短く刈り、丸い眼鏡《めがね》をかけている。非常に鋭い眼をしているが、笑った顔は意外に優しく感じられる。

「きみを見ていると、若い頃のおれを想いだすよ……」

小田切が返事をしようとしないのを気にも止めないで、坂口と名のっている男は言葉を続ける。

「おれが二十歳《はたち》の時、本気で僧侶になろうと考えていた。そのために、睡眠を四時間と定めて、仏教書を読みふけったものだよ。あげくのはてに、神経衰弱になっちまったんだが……どういう理由《わけ》かね。きみを見ていると、あの頃のおれを想いだしてならんのだよ」

「仏じゃ人を救えない」

小田切はようやくボソリとそれだけを答えた。

「そのとおり……」

坂口は大きくうなずいた。「それが分っただけでも、おれのくそ勉強は無駄じゃなかったわけだ。だが、仏がなんの役にたたなくても、他人《ひと》の恋愛談が自分の恋愛に役立つことはある。どうだ？　おれの話を聞いてみるかね」

「ええ……」

小田切は顎《あご》を引いた。泥酔しているのには間違いないが、その坂口という男の言葉には、どこか人を傾聴させずにはおかないような吸引力があった。

「よし……」

坂口はコップをカウンターに置いて、遠くを見るような眼つきになった。ゆっくりと喋《しゃべ》り始める。

「最初に断わっておく。おれはこれまでずいぶん沢山の女と寝てきたが、これから話すその女とだけは寝ていない……その女と知り合ったのがおれが二七歳の時、以来三〇になって別れるまで、キスを一度したきりだ……プラトニック・ラブなんてインチキさ。だが、どのみち恋愛なんてどこかうさんくさいもんじゃないか。欲望も恋愛だろうし、執着だって恋愛に違いあるまい。プラトニック・ラブだけが必要以上にばかにされるいわれはないだろう……おれはその女とは寝たくなかった。その女が肉体を持っていると考えるだけでも厭だった。別に屁理屈《へりくつ》をつける必要はない。厭だった。だから、寝なかった。それだけのことだよ……」

小田切は黙って聞いている。

薄い壁板を通して、ラジオの落語が聞こえてくる。歌笑の奇声に合わせて、ラジオの聴衆が笑い、それにつられて隣の酔客たちも笑っている。

「……歌笑か。あいつはてえしたもんだ」

そうつぶやくと、坂口はグイッとコップ酒をあおり、

「きみはいつもそうやってむっつりと酒を飲んでいる。戦争中、よほどひどい地獄を見たのか、それともきみ自身が地獄そのものなのか、そんなことはおれは知らんよ。だが、できればあの碶子嬢をその地獄に引きずりこまずにいてくれないか。あの碶子ってのはいい娘《こ》だからな……おれにはよく分るんだ。おれとその寝なかった女、きみと碶子嬢、この二組がよく似ていることがな。酔っぱらいが何を言うかと思うかもしれんが、おれはその女と寝なくてよかったと思っている。寝なかったから苦しんだのかもしれんが、でも、よかったと思っている。だから、きみにも碶子嬢とは寝てもらいたくないんだ。寝ない方が、なにもしないで別れた方がいい恋愛だって、厳然として存在するんだからな……」

坂口の話は延々と続いている。そして、その一語一語が、砂地に落ちた水のように、小

田切のうちに滲《し》み、拡《ひろ》がっていくのだった。

――碶子のやつは、もうおれがいなくてもやっていけるだろう……。

小田切はいつしかうなだれていた。独覚一族の声聞であるこのおれが、裏小乗の掟《おきて》に背いて、一人の女を救おうとした。いや、救われようとしたと言ってもいい。そして、惚れた。惚れはしたが、おれの道楽もここまでだということはよく分っている。あの夜夢のなかで見た薬草寺の死に顔……その死に顔が、おれはつまるところ滅びの運命《さだめ》を荷せられた独覚一族の人間でしかない、ということを想い出させてくれた……。

縄暖簾《のれん》をかきわけて、一人の男が店に入ってきた。

結城弦だった。

小田切と結城の視線が合った。瞬時をおかず、小田切は立ち上がっていた。

「行こう」

結城は驚いたようだった。

「いいのか」

「ああ……」

とうなずいて、小田切はカウンターから離れた。店を出る時、小田切は坂口の方を振り返ったが、彼はすでに酔いつぶれて、カウンターにつっ伏していた。

けぶったような月が、兵隊横町のうえにかかっている。

小田切と結城が肩を並べて、小路をまがった時だった。反対側の小路から、若い女が出てきて、〈酒楽〉の方に向かって駆けていった。醤油の瓶のようなものを腕に抱えていて、よほど急いでいるらしく、小田切たちの姿には気がつきもしなかったようだ。赤い単《ひとえ》帯のよく映える、ちょっと見にも、いかにも利口そうな可愛らしい娘だった。

小田切が足をとめて、その娘の後ろ姿を見送っているのに気がついて、

「知り合いか」

結城が不審げに訊いてきた。

「いや……」

小田切は首を振って、再び歩きだしていた。もう知らない女だ、と胸のうちでつぶやきながら……。

文士坂口安吾《さかぐちあんご》は、当時、〈安吾巷談《こうだん》〉と題したエッセイを『文藝春秋』に連載していた。そのために、酒場などでは自ら好んで巷談師と称していたという。

〈安吾巷談〉が当時の読者にどれほどの好評をもって迎えられていたかは、『別冊文藝春秋』にまで、彼の巷談が掲載されたという一事を提出すれば、それで充分であるだろう。ちなみに、同じ八月、〈〃歌笑〃文化〉というエッセイが、『中央公論』に載せられている。

坂口安吾が小田切に語った〃寝なかった恋人〃というのは、多分、昭和一九年に逝去した矢田津世子のことだろう。安吾の小説『三十歳』によると、彼は矢田津世子にこう絶縁の手紙をつづっている。《私たちには肉体があってはいけないのだ。もう我々の現身《うつしみ》はな

いものとして、我々は再び会わないようにしよう……》

もちろん小田切は、その客が今をときめく流行作家坂口安吾であることは知らなかったし、彼の小説『三十歳』を読むこともついになかった。だが、もし『三十歳』を小田切が読んだら、そこに著されている安吾の絶縁の手紙が、そのまま自分の碟子に対する気持ちを代弁しているのに気がついて、驚いたことだろう。

3

古在昇一は政治には興味を持っていなかったし、どんな社会活動にも関係していなかった。だから、T大に送られてきたレッド・パージのリストのなかに名前が載っていると聞かされた時には、自分の耳を疑った。

「どういうことでしょう」

彼はそう訊かずにはいられなかった。

「さあ……」

庶務課の職員は首をかしげた。第一、古在は教授どころか、講師ですらなく、一介の研究生に過ぎないのだ。その研究生がレッド・パージの対象にされるなど、異例というより、むしろ無法というべきだった。が、現在《いま》の日本にはGHQという名の法しか存在せず、そのGHQの下した指令であるなら、どんな無法も無法とはなりえなかった。むろん、大学がGHQの指令に背くなど考えられない。

「分りました……」

古在はあきらめるしかなかった。だが、どうして自分がレッド・パージの対象にされたのか、という疑問は残った。

——服部猛雄《はっとりたけお》か……。

庶務室を出る古在の胸には、その名前が繰り返し反響《こだま》していた。あの世耕とかいう学生を操って、一気に独覚一族を葬りさろうとしたやつだ。G2に手を回して、おれを大学から追放するぐらいのことはなんでもないだろう。いや、独覚一族を葬りさろうとしたのは、弥勒の仕業か。薬草寺は服部の独覚の血は薄いと言っていたからな。服部があれほどの念力を備えているとは考えられない。すると、弥勒というのは一体何者なんだろう？……まあ、いいさ。いずれ、おれには興味のないことだ——。

「古在さんですね」

大学の内庭に出た古在を、そう呼び止めた声があった。

柘榴《ざくろ》の樹の前に、スポーツシャツを着た学生が立っていた。柘榴の朱肉のような花と、同じ色のスポーツシャツだ。

「そうですが……」

古在は足をとめた。どうやら古在が庶務課から出て来るのを待っていたらしいが、今まで一度も見たことのない顔だった。

「インタビューをさせてくれませんか」

「インタビュー？」

と学生はうなずき、自分は学生新聞の記者であると名のった。

「ええ」

「なるほど……」

古在は内心苦笑していた。学生新聞の記者がインタビューなどと気負って言うのが、ひどく滑稽《こっけい》に思えた。

「レッド・パージなどというGHQの愚劣な政策に対して、我々は反対運動を展開しようと考えています。実は、古在さんのインタビューを第一面に掲載して、その運動の発端にしようと思っているのです……なんなら、署名を学生たちの間に回して、GHQと大学当局に、その決定を撤回させることも辞さないつもりです……」

古在は今度は苦笑を隠そうともしなかった。学生新聞の記者は非常に正直だった。要するに、古在を自分たちの運動のために利用しようというのだ……。

レッド・パージが愚劣な政策である、という点に関しては、古在にもなんの異論もあろうはずがなかった——共産党中央委員二四名の公職追放をかわきりに、レッド・パージは総ての産業分野に拡がりつつある。レッド・パージのリストに名前が載った者は、なんの抗弁も許されず、職場を去っていかなければならないのである。まるで魔女狩りではないか、と古在も思う。しかし——

「せっかくだが、そのインタビューは受けられない」

そう言い残すと、古在は再び歩きだしていた。

「え……」

学生記者はあっけにとられている。断わられるとは夢にも思っていなかったのだろう。

「……どうしてですか」

「インタビューは好きじゃない」

「じゃあ、なにか手記のようなものを書いてくれませんか」

「文をつづるのは苦手だ」

それまで慌てて古在の後をついてきた学生記者は、ようやく足をとめて、

「なるほど……GHQが怖いわけか。見下げはてたやつだ——」

口汚く罵《ののし》り始めた。

——他人《ひと》の褌《ふんどし》で相撲《すもう》をとろうとするやつの方が、よほど見下げはてたやつではないか。

古在はおかしかった。それに、学生記者のインタビューに応じなかったのは、決してGHQが怖いからではなかった。誰も救けたくないし、誰からも救けられたくない——古在は常々そう考えているのである。おれは、才能を切り売りするというただその一点だけで、世の中と関わっていたい。おれの才能……論文とか翻訳とかを売り、きっかりその分だけの報酬を受け取る——それ以外の関わりを一切おれは拒否したいのだ……。

滅びの運命《さだめ》を迷信と嗤《わら》い、独覚を無意味と断じる古在昇一も、しかし非常に屈折した形で裏小乗の掟を受け継いでいるのであった。

私物を整理するつもりで研究室に赴いた古在を、一人の男が待ちうけていた。

結城弦だった。

「やあ……」

研究室のドアに背をもたせかけていた結城は、古在に笑いかけてきた。

「よう……」

古在も笑いで応じたが、その笑いが強張《こわば》っているのが自分でも分った。

――なにしに来たのか……。

弥勒と一緒に闘ってくれ、という話ならなんとしてでも拒絶しなければならない。古在はレッド・パージなんかがそれほど永く続くはずがないと思っている。一年か二年辛抱すれば大学に戻れるのだ――ここでわけの分らぬ争いに巻き込まれて、生命《いのち》を落とすようなはめに陥りたくはなかった。

「小田切が手伝ってくれることになったよ」

結城が淡々とした声で言う。

「藍は?」

「厭だそうだ」

「そうか……」

――おれも厭だぜ。

古在はその言葉をかろうじて呑《の》み込《こ》んだ。握りしめた掌《てのひら》が汗ばんでいる――おれは結城を恐れているのか。違う。おれは、おれも手伝うよと言いだしかねない自分の軽薄なヒロイズムを恐れているのだ……軽薄？　本当にそうだろうか。友人と共に闘うのが、本当に軽薄なことなのか……。

「レッド・パージにあったそうだね」

古在の葛藤《かっとう》と関わりなく、結城が言葉を続ける。

「ああ……」

「大変だな。大丈夫か」

「なに、服部機関とか弥勒なんかと闘うことを考えれば……そっちこそ大丈夫か。命がけの仕事になるよ」

「まあ、な……」

結城はドアから背中を離して、

「それじゃ、頑張ってくれ。またいつか会おう――」

ゆっくりと立ち去っていった。

――あいつはなにしにやって来たのか。

古在は呆然《ぼうぜん》と結城の後ろ姿を見送った。

結城は最後の別れにやって来たのだ、と古在が覚《さと》るまでにはしばらく時間がかかった。

4

伊勢佐木町で小田切と別れた。

小田切は身体を振るようにしながら、山下公園の方角へ向かって歩いていく。結城はタバコを二本ふかし、充分間隔があくのを待ってから、小田切の後を追い始めた。見失う心配はなかった。

結城の五感は、いや、六感七感までが鋭く研ぎ澄まされている。今や、結城は天眼天耳《てんげんてんに》を充分に体得し、自らの精神エネルギーを解放しきっているのだ。

もはや人間とはいえないかもしれなかった。頬がこけ、眼がくぼんだその風貌《ふうぼう》にも、なにか非人間的な印象が濃く刻まれていた。強いて言えば、飢えた猟犬に似ている……。

夜の横浜は、完全にアメリカ人に占領されていた。ビル・チカリング劇場《シアター》のネオンは輝き、PXのまえは米軍家族の車でごったがえしていた。山下公園は接収されていて、そして公園に面したニューグランド・ホテルにはマッカーサーが住みついていた。

結城には好きになれない街だった。その好きになれない街に結城が降り立ったのは、ある噂《うわさ》を耳に入れたからだった——かつて大陸で活躍していた旧日本軍 諜報《ちょうほう》員をGHQがひそかに召集している……それは巷間で囁《ささや》かれるに相応しく漠然とした噂だったが、ありえない話ではなかった。現に、幾人かの日本人は銃をとって、朝鮮で米軍と共に闘っているのである。

旧日本軍諜報員で、しかも大陸で活躍していた——この二つが、結城に服部機関を連想させた。この召集を画策したのは服部猛雄に違いない、そう結城に確信させたのだった。

《俺《おれ》が潜入してみるよ……》

噂を耳にした小田切がそう言いだした時、結城は何度も思いとどまらせようとした。だが、小田切は寡黙なだけに一度口にした言葉は決して翻そうとせず、寡黙でい続けることで結城のあらゆる説得を徒労に終らせた。

服部機関と闘い、いまだその正体も知れぬ弥勒を倒す……そのためなら生命《いのち》をも賭《か》けると覚悟した結城だが、実のところ、その具体的な方策に関しては考えあぐんでいたのである。結局は、小田切の申し出を受け入れるしかないのだった。

それが、どんな結果を生むことになるのかは見込みさえつかなかった。しかし、服部機関の一連の動きに、朝鮮戦争がその禍々《まがまが》しい翳《かげ》を落とし、微妙に関係し合っているのは確かなようである。服部機関の画策で、小田切が朝鮮半島に渡るということにでもなれば、少なくとも服部猛雄が、そして弥勒がなにを目的としているかは分るはずだった。

そして今夜、ようやく接触できたGHQのエージェントと、小田切は最後の対見をすることになっているのである——。

結城が足をとめた。前方を歩いていく小田切に、横あいから一人の男が近づいていくのが観えたからである。結城と小田切との間隔は二〇〇メートル以上も離れている。しかし、結城の超常感覚は、伊勢佐木町の雑踏を通して小田切の姿をはっきりとらえ、その声さえも聞くことができるのだった。

「小田切さんだね……」

男が言う。

「待っていたぜ。おれと一緒に来てもらおうか」

小田切が無言のままうなずくと、男は先にたって歩きだした。

結城も歩きだそうとした。だが、歩けなかった。

路地の暗がりからフワリと一匹の猫がとびだしてきて、結城の前に立ちふさがったのである。外見《そとみ》には、なんの変哲もないただの黒猫だった。路《みち》をゆく人たちも、路傍の野良猫にはらう以上の注意をはらおうとはしない。

が、その黒猫を凝視する結城の額には、ジットリと汗が滲《にじ》みでていた。

黒猫が言った。

——これ以上は先に進もうとしない方がいいわね。結城さん……。

むろん、黒猫が口をきいたわけではない。黒猫の生体エネルギーを媒介にして、誰かが直接《じか》に結城の頭に語りかけているのだ。他心智と神作智を操って、誰かが黒猫に憑依《ひょうい》していると言ってもいい。自身も優れた独覚である結城が、これぐらいのことにさほど驚くはずがない。結城が驚いたのは……

——きみは……きみは……

結城は頭のなかで絶句している。

黒猫が答えた。

――お久しぶり。崔芷恵《さいしけい》です……お話があるんですけど、この猫について来ていただけませんか？

黒猫はヒラリと身を翻して、再び路地の暗がりに飛び込んでいった。

結城はほとんど躊躇《ためら》わなかった。小田切の行方を確かめるのも大切には違いないが、しかし声聞である小田切とはいつでも連絡がとれる。今は、どうして崔芷恵がこの場に現われたのかを確かめるべきだった。

猫の後を追って、結城も路地に入った。

両側ともほとんど飲食店の裏口にふさがれている、暗くて、狭い路地だった。奥行もほとんどない。

どこかの酒場から吐き出されているらしい妖霧《ようむ》のような蒼《あお》い光が、そこに佇《たたず》んでいる一人の女の影を浮かび上がらせている――崔芷恵である。黒いショールを頭からかぶり、腕に黒猫を抱いているその姿は、まさしく魔女を連想させた。

「きみは警察に捕まっているとばかり思っていたよ……」

と呼びかける結城の声は、ややうわずっていた。

「捕まりそうになったわ。でも、捕まらなかった……」

芷恵の声は笑いを含んでいる。

――これは違う……。

結城は胸のなかで呻《うめ》いていた。この前芷恵と会ってから、まだ二ヵ月とは経過していない。だが、どこかに幼さが残されていた彼女の美貌は、今、凄《すご》いほどの磨きがかけられている。それに、この威圧感——二十歳《はたち》そこそこであるはずの崔芷恵が、結城が思わず後ずさりしたくなるほどの威圧感を備えているのだ。

「今までどうしていたんだ?」

「それをあなたに話す必要があるかしら」

「話す必要もないような男をどうして呼び止めた?」

「忠告したいことがあったのよ」

「忠告か……」

結城は苦い嗤いを浮かべた。二ヵ月前と立場が逆転していることに、皮肉な諧謔《かいぎやく》を覚えたのである。

「そうよ。忠告だわ……」

芷恵の語調が変わった。

「服部機関を追うのはやめることね。できれば弥勒のことも忘れなさい」

なかば予期していた言葉であった。通りすがりに偶然芷恵と会うことができたと考えるほど、結城は甘い男ではなかった。

——おれはこの娘に惚れていたのではなかったか……。

傷のような痛みが結城の胸をよぎった。だが惚れていたとしても、あるいは惚れていたからこそ、彼は芷恵のその言葉を聞きとばすわけにはいかなかった。

「きみは服部機関の一員なのか」

「まさか――。誰があんな反動組織に加わるものですか」

芷恵は鼻にしわを寄せた。

「それじゃ、弥勒となにか関係があるんだな」

「……」

「どうなんだ！」

結城はなかば怒鳴っていた。

「……関係なんかなにもないわ。ただ、弥勒は救世主《メシア》に違いない、と私が勝手に思い込んでいるだけ……」

芷恵の声は落ち着いていた。

「人間が人間を喰《く》って生きるこの世の悲惨を救うことができる唯一の救世主だと……」

「なにを莫迦《ばか》な……弥勒が出現したら、必ずこれを滅ぼさなければならない、という裏小乗の掟を忘れたのか」

「掟？……掟がなんの役に立つと言うの？　掟が今まで人を救ったことがあって？　私は掟を忘れて、この世の悲惨を救おうとしたわ。でも、私独りの力ではどうにもならなかった……弥勒にはそれが可能なのよ。弥勒だったら……」

「弥勒とは何者なんだ？　いや、弥勒とは一体なんなのだ？」

結城の声は呻きに近かった。

「救世主よ……」

芷恵はにべもなくそう答えた。

「そうじゃない。弥勒は悪しき独覚なのだ……きみのお爺《じい》さんが守っている『無嘆法経典』にそう書かれてある」

「そんなの嘘《うそ》だわ」

「嘘なんかじゃないことは、きみだってよく知っているはずだ」

「嘘も同じよ。もう『無嘆法経典』を読むことのできる人は一人もいないんだから……」

「なんだと……」

結城は眉をひそめた。虎王廟《びょう》から『無嘆法経典』が持ちだされたことは知っている。だが、『無嘆法経典』がその後誰の手に渡ったのかは分っていない。経典を守っていた崔其年がどうなったのかも……。

「お爺さんはどうした?」

結城は訊いた。

「死んだわ」

「殺されたのか」

「砲撃のとばっちりを受けたと聞いているわ」

「それを信じているのか」

「信じちゃ悪いかしら」

「……」

結城は沈黙した。服部機関の名前を知っていて、どうやら弥勒と接触しているらしい芷恵が、祖父は砲撃で死んだ、となんの疑念もなく信じられるはずがなかった。人の世の悲惨を救うためには自己欺瞞《ぎまん》もまた必要だというのだろうか……。

「とにかく、私の忠告を忘れないことね」

話はこれで終ったという意味を、声の響きに含ませて、芷恵がそう言った。そして、ゆっくりと後ずさっていく。結城のいる所からは見えないが、どうやらそこに抜け道があるらしい。

「待ってくれ」

結城は声を張り上げた。

「もう一つだけ聞きたいことがある」

芷恵は足を止めた。抱かれている黒猫が眠たそうに鳴いた。

「世耕紀夫が死んだことは知っているな」

と、低い声で結城は訊いた。

「ええ……」

「きみは彼の死になにか関係があるのか」

「……」

芷恵は返事をしようとしなかった。だが結城には、その沈黙がなによりよく事実を物語っているように思えた。

「あの男はきみに惚れていた……」

結城は独白のように言った。その声音には憤りが、そしてそれに数倍する悲しみが響いていた。

「きみは人の世の悲惨を救いたいと言う。だが、そのためにならば自分を愛してくれる人間まで見殺しにできるというのなら……きみは……きみは……」

結城にはそれ以上言葉を続けることはできなかった。口ごもったまま、彼はクルリと芷恵に背を向けた。そして、

——きみはおれの敵だ！

胸のなかでそう咆哮《ほうこう》したのだった。

結城が振り返った時、芷恵の姿はもう路地にはなかった。

こうして独覚一族と弥勒との死闘は始まったのだった。そしてこの年、昭和二五年はようやく独覚一族の滅びの運命《さだめ》が全うされる年でもあったのだ。

第四章　弥《み》勒《ろく》

1

九月一五日、アメリカ海兵旅団と第二歩兵師団——総数七万五〇〇〇人が仁川《インチョン》に上陸、釜山《プサン》の防衛線を突破しようとしていた北朝鮮軍を攻撃した。釜山にむかう補給線がのびすぎていた北朝鮮軍は、この攻撃によって撤退をよぎなくされ、北方に敗走した。

仁川上陸作戦の成功は朝鮮戦争の戦勢を一変させた。マッカーサー将軍は、自らの発案によるこの作戦を、一七五九年のジェームズ・ウルフ将軍のケベック奇襲作戦に匹敵するものだと自讃《じさん》し、秋までには朝鮮戦争は終結するだろうと豪語した。

神ならぬ身のマッカーサー将軍には、仁川上陸作戦の成功が、中国軍の朝鮮戦争介入を招き、やがては第三次世界大戦の危機を孕《はら》んでいくことになるとは、予想だにつかなかったのである。

マッカーサーが仁川上陸作戦の着想を得たのは、ソウル陥落の直後、水原《スウオン》に降り立った時のことであった。彼自身の記述によると、水原郊外の丘からソウルの戦煙を望見していた時、天啓のように作戦構想が浮かんだのだという。

むろん、マッカーサーは他心智なぞという言葉は知らなかっただろうが、たとえ知っていたとしても、誰《だれ》かが他心智を操って仁川上陸作戦の構想を彼の頭に吹き込んだとは夢にも思わなかったろう。ましてや、その誰かが弥勒であろうなどとは……。

どことも知れない部屋だった。窓が一つもなく、昼夜の別さえはっきりとしなかった。調度が極端に少ない。一〇畳ぐらいの広さに、ダブルベッドとナイトテーブル、それにフロアスタンドが置かれてあるだけだ。が、壁にはめられた大きな姿見が、その部屋の用途をよく物語っていた。

エア・コンの唸《うな》りが低く聞こえていた。

「う、う……」

ベッドのうえで男が呻《うめ》いている。

男はまだ若い白人で、全裸になって身をくねらしている。上になっている小柄な日本人の女は、ひどく冷静な手つきで男をもてあそんでいる。ピンと張った乳房が、わずかに汗ばんでいた。

「う、う……」

男は再び呻いた。恍惚《こうこつ》として、ほとんど我を忘れているらしい。男と女が逆転したような、奇妙に倒錯した眺めだった。

女の顔が男に重なった。

「……アイ」

唇が離れた時、なかばうわ言のように男はつぶやいた。女の名前のようだった。

二人の動きが停止した。

しんとした時間が続く。

男の太い寝息が聞こえてきた。

女は男の顔をしばらくうかがっていたが、やがて全裸のままベッドから離れた。

シャワールームへ入っていく。ザーッという湯を流す音が聞こえてきた。

顔を上げ、両手を乳房にあてて、女はシャワーをあびている。脂ののった白い肌が湯をビンビンとはじいていた。

女の唇が動いた。独り言らしかった。

「ファインマンが裏切っている……」

独り言はそう聞こえた。


九月も終りにちかづいていた。

裏地がボロボロになっているジャンパーを着こんだだけの結城には、早朝の街歩きが辛くなり始めている。が、二カ月ちかくも続いているファインマンとの会見を、寒くなったからといって、いまさら場所や時刻を変えられるわけがなかった。

路上に舞っていた新聞が、歩いている結城の足にからみついた。

まだま新しい新聞で、インクのにおいがにおってくるようだった。多分、配達の荷台から落ちでもしたのだろう。

朝鮮戦争の記事が載っていた。マッカーサーが提出した三八度線突破計画について、インド首相ネールが声明をだしている。北京駐在のインド大使が、アメリカが三八度線を突破すれば中国も朝鮮戦争に介入せざるをえない、というメッセージを中国政府から渡されたと伝えている……。

眉《まゆ》をしかめて、結城は新聞に読みふけっていた。読みふけりながら、早朝の銀座を歩いていった。

いつものように、ファインマンは〈シャトウ〉でコーヒーをすすりながら、結城を待ちうけていた。

「少し遅れました」

これもいつものように、ニコリともしないで結城が挨拶《あいさつ》する。

「私も今来たばかりです」

とファインマンは如才ない。

ファインマンと向かい合いの席に、結城は腰をおろした。寒い朝を歩いてきたせいか、顔が蒼《あお》かった。

「ところで、なにか新しい情報でも入りましたか」

タバコを勧めながら、ファインマンは結城に訊《き》いた。

「ええ」

結城はうなずいた。勧められたタバコには手をだそうとしない。

「ほう、どんな情報ですか」

ファインマンの表情がわずかに緊張したものになった。

結城は眼《め》を伏せた。伏せられた眼になにか殺意にも似た表情が浮かんでいた。

「あなたたちが朝鮮戦争を始めたという情報です……」

結城の声はしわがれていた。

「私たちが？……どういうことですか。六月二五日に三八度線を越えたのは、韓国《かんこく》の方だったというのですか」

ファインマンの声には笑いが含まれていた。どことなくわざとらしい笑いだった。

「そういう意味じゃありません」

結城は首を振った。

「東京の情報機関が朝鮮戦争のお膳立《ぜんだ》てを整えて、多分、戦争が終結を迎えないように動いているということです」

「そんな莫迦《ばか》なことが――いいですか。朝鮮での米軍の動きは、総てワシントンの国防総省《ペンタゴン》によって命令されたものです。一情報機関にしか過ぎない東京のG２になにができますか？　いや極東軍最高司令官のマッカーサーにも、戦争を始めるなんて真似ができるわけがない」

「マッカーサーのことは知らない。しかし、ワシントンよりも東京の情報機関が朝鮮により多くの情報網を置いているのは、まず常識でしょう……東京の情報機関が総力をあげれば、朝鮮での戦争を操るぐらいさほどむずかしいとは思えない」

「朝鮮戦争を続けさせることが、東京の情報機関にどんな利益を与えるというのです?」

ファインマンは肩をすくめて見せた。この話はこれで終りだというジェスチュアーのつもりらしかった。

「それが分らない……それさえ分れば、あいつの狙いもはっきりするんだが……」

結城は自分に言い聞かせるようにつぶやいた。

「あいつ?」

とファインマンが結城の言葉を聞き咎《きとが》めるのを無視して、

「ただ、以前あなたが言っていたように、服部猛雄が、G2も含めて、東京の情報機関を操っているというのは間違いないようです……朝鮮戦争を続けさせるというのは、どうやら服部の意向らしい」

結城は言った。

「確かに、服部機関がG2を操っていると私は言いました。しかし、私が考えていたのは、服部機関が麻薬を使ってG2を操ることでなにか不当な利益をあげているのではないかと……まさか、戦争を操っているとまでは言わなかったはずです。第一、あなたの話が事実だとしたら、東京の米国情報機関は麻薬患者の集団だということになってしまう」

ファインマンは気色ばんでいた。

「そうはならないでしょう」

 奇妙に落ち着いた声で、結城は言った。

「あなたはどこから見ても麻薬患者ではないが、現実に、服部機関のために働いている
——朝鮮戦争を終らせないために、ね……」

ファインマンは椅子《いす》をガタリと動かした。常は陽気な彼の表情が、サッと一変して、なにか凶悪なものになった。くいいるようにして結城を凝視《みつ》めている。

「どうしてそれを……？」

ようやく、呻くような声でファインマンは言った。

「知ったかと言うのですか？」

結城の声はあくまでも落ち着いている。

「この際だから言ってしまうけど、服部機関を探るために動いているのは、おれ一人じゃないんでね」

「なるほど」

ファインマンは眼を細めた。

「うまくだましていたつもりが、こちらがだまされていたというわけですか」

「納得できないのだが、どうしてGSに所属しているはずのあなたが、服部猛雄などという怪しげな人物と関わることになったのですか？……それに、薬草寺を通して、おれたちに服部機関を倒すように依頼した理由《わけ》ものみこめない」

「……確かに、私の属しているGSは民政機関で、情報収集業務とはなんの関係もない……だが、本国の極東政策に従わなければならないという点では、GSもG2もまったく違いはない。これでも、GSは懸命になって朝鮮戦争を阻止しようとしていたのですよ。しかし、本国が入手する朝鮮情報の八〇パーセントが、東京のG2を通っているという状態では、どうにも手の打ちようがなかったのです。G2はいいように情報を操作することができるのですからね——マッカーサーと会談した国務省顧問のダレスが、その足で南朝鮮を訪問した時、もう朝鮮戦争は起こるべく決定されていたのです……私があなたたちに服部機関を潰《つぶ》してくれと頼んだのは、GSの最後のあがきのようなものでしてね。服部機関を潰すことができたら、戦争をいくらかでも早く終らせることができるのではないか、と——」

そこまでしゃべると、ファインマンはホッと息をついた。

「だが、それも事態がここまで進んでしまってはもう望めません……GSも全面的に戦争に協力せざるをえないのです。皮肉なことに、私に与えられた任務は、あなたとの接触を続けて、あなたたちを監視しろというものでしてね。G2はひどくあなたたちの存在を気にしている。いや、気にしているのは、多分、薬草寺さんの弟だという服部氏なんでしょうがね」

話し終った時には、ファインマンの右手には、ベルトから抜かれた拳銃が握られていた。その銃口は、結城の胸板にピタリとつきつけられている。

「おかしいとは思いませんか？　G2にしても、服部機関にしても、朝鮮を戦場にしてしまうには、いくらなんでも力不足だという気がする」

拳銃が眼に入らないような表情《かお》で、結城は言った。

「なにかもっと大きな力が、裏で動いているのではないでしょうか」

「そうかもしれませんね」

とファインマンはうなずいた。いつもの柔和な表情が戻っていた。口調はなにか悲しげにさえ聞こえる。

「だが、たとえそうであったとしても、私にはどうすることもできません。任務に従うしかないのです」

「おれをどうしようと言うのです？」

「私と一緒に来てもらいます。裏に車を待たしてありますから……」

ファインマンは銃身を振って、結城に立てと促した。

結城は立とうとしなかった。ファインマンに向けた眼をそらさないで、両手をテーブルに置き、ゆっくりと膝《ひざ》を組み直した。

三脚の円テーブルがガタンと跳ねあがり、ファインマンの腹を叩《たた》いた。

「う」

とテーブルにつっ伏したファインマンの身体《からだ》が、まるでなにかにはじかれたように、後方へふっ飛んだ。八〇キロを越える彼の巨体が、宙を泳いで、頭から床に突っ込んでいった。

ズーンと〈シャトウ〉は鳴動して、シャンデリアがチリチリと鳴った。カウンターに置いてあったグラスが床に落ちて割れた。

結城は席を立ち、頭を抱えて床にうずくまるファインマンに、大股《おおまた》に近づいていった。

「立つんだ」

と結城は声をかけた。情感を感じさせないまったく無感動な声だった。

「立って、おれを服部猛雄のところまで案内するんだ」

うずくまった姿勢のまま、ファインマンは頭を上げて結城を見た。驚愕《きょうがく》と恐怖とで顔の筋肉が弛緩《しかん》していた。なにかで切ったらしく、額から血が流れている。

「立つんだ」

結城は繰り返した。

「しかし、私は服部の居所なぞ知らない。会ったこともないんだ」

ようやくファインマンは応えた。

意外に平静な声だった。

「誰なら知ってる？」

「それは……多分、ハリスなら」

「ハリス？」

「極東情報局の現地人課のハリス少佐のことだ」

「じゃ、おれを彼のところへ連れていってもらおうか」

「ばかな！　そんなことが――」

ファインマンは激しくかぶりを振った。

「できるわけがないというのか」

結城の眸《め》が光った。

ファインマンは怯《おび》えたように身体を引いた。その眼が、ほとんど反射的に、床に落ちている拳銃に向けられる。

「悪あがきは止《よ》すんだ」

結城は静かに言った。

眼に見えない指に弾《はじ》かれでもしたかのように、拳銃は回転しながら床を滑った。壁際まで滑っていくと、そこでピタリと止まる。

「恐ろしい男だな」

ファインマンはつぶやいた。恐怖よりも、むしろ嫌悪に満ちた声だった。

いずれにしても、脅迫されている男の声だとは思えなかった。

結城は自分があまりに早く勝利を確信し過ぎていたのを知った。

奥に通じているドアが開き、数人の男が出てきた。いずれの男もひっそりと身を運び、まるで靴音をたてなかった。

結城はゆっくりと彼らに向き直った。

彼らは全員が日本人だった。雑踏にまぎれてしまえば、彼らのうち誰一人として、他人《ひと》の目を引くようなことはあるまい。そんな目立たない連中だったが、その平凡さの裏にある一種強靱《きょうじん》なものを結城はひしひしと感じていた。

「妙な手品を使うじゃないか」

そのうちの一人が言った。抑制された、低い声だった。

「服部機関か」

結城は言った。尋ねているつもりはなかった。そうであることを確信していた。

「そうだ」

と応えたのはファインマンだった。立ち上がって、背広の埃《ほこり》をはたいている。ひどく疲れた表情をしていた。

「私はこの連中を好きではない。できれば彼らの力を借りずに、事を運びたかったのだがね……」

黙したまま男たちと対峙《たいじ》しながら、結城は頭のなかでしきりに計算をめぐらしていた。結城自身、自分の能力がどれだけの威力を持つのかまだ知らないでいる。眼前の男たちと闘っても必ずしも負けるとは思わなかったが、しかし、絶対に勝つという確信も持てないでいた。

結城はファインマンを振り返って言った。

「おれを連れていく所があると言いましたね。ご一緒しましょうか……」

地下室だった。

倉庫に使われているらしく、一方の壁に木箱が積みあげられ、ドラム缶が二本、隅に寄せられ置かれてあった。窓は一つもないのだが、野戦用の照明器が備えつけられ、部屋を異様に明るくしていた。そのコンクリート壁の白々とした明るさと対照的に、床を二畳ほどの大きさにくり抜いてつくられてあるプールが、黒いたぷたぷとした水面を見せていた。潮の匂いがする。

結城はその部屋で尋問を受けていた。傷だらけの木机をはさんで彼と向かい合っているのは、ファインマンを交じえた三人の外国人であった。

尋問はもう永く続いていた。

「私はこの部屋であなたを殺すこともできるのですよ」

と、鞭《むち》のように痩《や》せた外国人が言った。この男だけがカーキ色の軍服を着こんでいる。

「そうでしょうね」

結城はうなずいた。

悪名高い謀略機関G2のアジトの一つにこうして連れ込まれた以上、生命《いのち》を落とすことになるかもしれない、と覚悟は決めている。

プールに入っているのは東京湾の海水だ。ここで殺されて、東京湾に投げこまれれば、誰一人として溺死《できし》を疑う者はいないだろう。

――何人の人間がそうして死んでいったことか……

と、結城は思う。そして、改めて、日本が被占領国であることを痛感するのだった。

結城の顔を覗《のぞ》き込むようにして、痩せた外人が囁《ささや》きかけてくる。

「どうです？　話してみる気になりませんか」

独覚一族に関する情報を総て話せというのだ。

独覚の生き残りは何人ぐらいいるのか、服部機関の探索には誰と誰が加わっているのか、独覚の超能力は実際にはどれぐらいのものなのか？……

「話せば、私の権限であなたを釈放してあげます」

とも言う。

確かに、この痩せた男にはそれぐらいの力はありそうだった。ファインマンの彼に接する態度から見ても、G2の少佐クラス、もしかしたら、それ以上に位置していると思われた。

もう一人、子供のような顔をした若い男が尋問に立ち会っていた。どうやら痩せた男の個人秘書というような仕事に就いているらしく、なにかとまどったような表情で、上司の仕事ぶりを見ている。

「情報交換といきませんか」

と、結城が応えた。

「服部猛雄の居所を教えてくれれば、独覚一族の情報を洩《も》らしてもいい」

瘦せた男は聞こえよがしの溜息を大きくついた。ファインマンも居心地悪げに身体を動かしている。もう一時間ちかくも同じ問答を繰り返しているのだ。いかに尋問ずれした情報機関の高級将校であろうと、いいかげん自制の限界にきているのだろう。

「どうやら、あなたは自分が囚人の身であることを、充分に認識していないようだ」

「ミスター・ファインマンに訊けば、おれが自分の意志でここにやって来たことが分るだろう」

「自由意志でここにやって来た日本人は多くいる。だが、自由意志をここで貫いた日本人は一人もいない……」

「では、おれがその最初の日本人になろう」

「そうはいかない」

瘦せた男はさすがに顔色を変えた。

「訊かれたことに答える──それが、あなたに許されている唯一の自由だ」

結城は沈黙した。だが、恐れて沈黙したのではないことは、その表情を見れば分った。

「私はここにいない方がよさそうだ……」

と、これは英語で、ファインマンがつぶやいた。結城から顔をそむけるようにして、席を立つ。

「尋問班の連中を呼んできてくれたまえ」

地下室を出ていこうとするファインマンの背中に、瘦せた男は声をかけた。

ファインマンはピクリと身体を震わせた。なにか許しを乞《こ》うているような表情で、痩せた男を振り返る。

「呼んでくるんだ」

痩せた男は繰り返した。

ファインマンは地下室を出ていった。

「さてと――これで、もう一〇分もすれば、あなたも自分が囚人であることを、骨身にしみて知るだろう」

痩せた男は楽しそうに指をポキポキと鳴らした。

結城は無表情にプールの水面を凝視《みつ》めていた。

独覚一族とはなんの関係もない世耕紀夫がいわば巻き込まれてしまったような形で無残に殺されたことが、結城をして、服部猛雄と彼の背後にひかえているなにかを追わせている。また、彼らの意志で、多くの無垢《むく》な人たちが、朝鮮でむざむざと死んでいくのを見逃すわけにはいかないとも思う。

だが、結城は、自分が怒っているとも、追跡に執念を燃やしているとも考えていない。独覚一族の運命《さだめ》たる滅びが、自分たちの世代に完璧《かんぺき》な形をとって用意された――ただ、そう思うだけである。そう思いながら、己が滅びの道をたどっていくのを、傍観者のような冷やかな眸《め》で見ているのだった。

――おれはもう半分は滅んでいるのかもしれない。

　これから受けることになるであろう拷問《ごうもん》にも、自分がまったく関心を抱けないでいるのを、結城は淋《さみ》しく思っていた。

　結城の背後で、鉄扉が軋《きし》んだ。拷問に興味を持てないでいる結城が、拷問者をことさら振り返るはずがなかった。

　が、今まで自分を尋問していた痩せた男の顔に、一種名状しがたい表情が浮かぶのを見て、結城は、首をねじ曲げた。

「アイ！」

　と叫んだのは結城ではなく、若い秘書の方だった。そこに立っている人物のあまりの意外さに驚愕して、結城は口もきけないでいた。意外といえば、秘書がどうやら藍《あい》を知っているらしいのもふしぎであった。

「きみは誰《フー・アー・ユー》だ？」

　痩せた男が怒鳴りつけるのを気にもとめず、藍はニッと笑って見せた。

　黒地に銹朱《さびしゅ》の帯をキリッと締めたその姿が、背景が殺風景なだけに、ことさら映えて、艶《あで》やかであった。

「お久しぶりね。結城さん」

　男たち三人が呆然《ぼうぜん》としているのを面白がっているようだ。

「ああ」

　それでも、結城はどうにか返事を返すことができた。

「しかし、どうしてきみがここに?……」

「恋人に会いに来たのよ」

「恋人?」

「ええ、そこにいるスミス少佐にね」

わけがわからないままに、痩せた男は、自分の秘書を振り返った。

「これはどういうことだ? スミス、釈明したまえ」

痩せた男の南部なまりの英語と交叉《こうさ》して、

「スミス、その男を殺しなさい」

藍のりんとした声が、地下室に響きわたった。

痩せた男がハッと身体《からだ》をのけぞらせた時には、スミスはすでにベルトから抜いた拳銃を発射していた。

銃声が耳を圧して反響《こだま》した。

近距離から撃ちこまれた弾丸に、痩せた男の身体はふっ飛んだ。椅子もろとも、プールに落ちていく。

地下室には硝煙の匂《にお》いがたちこめていた。

結城は吐きけのしそうな思いで、朱に染まっていくプールを凝視《みつ》めていた。なにがなんだか分からなかったが、なにも分らないのに、一人の人間が死んでしまったということがひどく理不尽なような気がした。

スミスは泣いていた。拳銃をダラリと下げて、子供のように泣きじゃくっている。

藍がゆっくりと彼に近づいていき、その両肩を抱いた。スミスは小柄な藍を胸に抱き込み、なおも泣き続けた。

「説明してもらえるだろうか」

結城が声をかけた。気弱げな、かすれた声だった。抱擁し合っている眼前の二人には、声をかけるのをためらわせるような雰囲気があった。

「説明したはずよ……この人が、私の恋人だって——」

唄っているような口調だった。唄だとしたら、これ以上もなく淋しい唄だった。

「彼が、ファインマンがG2と通じていると私に教えてくれたの。それで、結城さんが危ないと思ってね」

「しかし、恋人といっても、きみは……」

「そう、変成男子よ。独覚一族の奇種――結城さんのように独覚でもなく、小田切さんや古在さんのように声聞でもない。女は〈さとり〉を得ることができないからという理由で、仏によって男に変えられたサーガラ竜王の娘の末裔よ――男でも女でもない半陰陽が私だわ。〈さとり〉なんかどうでもいいから、まともな女として生まれたかった、と考えていた独覚一族のよけい者よ」

「藍！」

「でも、この人は、私を本物の女としてあつかってくれた……」

すすり泣いている男の髪を、藍は指で愛撫《あいぶ》していた。

「本物の女としてあつかってくれて、とても優しくしてくれた……この人は、父親が将軍《ジェネラル》でね。典型的なファザー・コンプレックスなの。だから女に自信が持てなくて、自信が持てないから、女に優しくしてもらえなくて……私がこの人の最初の女なのよ。ねえ、似合いのカップルだと思わない？」

頭を上げて、結城を見た藍の顔は、幸福にさえ見えた。結城は黙っている。黙って藍の話を聞いているだけでも、結城には十分辛かった。

「でも、私も結局は独覚一族の一員ね……結城さんが罠《わな》にはまると思ったら、もう居ても立ってもいられなくて、彼の手引きでこんな所に潜り込んですものね」

「藍、逃げよう。今の銃声を誰かに聞かれたかもしれない」

「私一人ならね。私一人なら、結城さんと逃げ出すと思うわ……でも、私には彼がいる」

「彼も一緒に逃げればいい」

「冗談言わないで。上司を殺した将校を、G2が許すとでも思っているの？　日本中どこへ逃げても、必ず捕まるわ——逃げられっこないのよ」

「藍！　まさかきみは——」

結城は絶句した。

「私は彼とここに残るわ」

藍はうっとりとした声で言った。スミスは泣き止んでこそいたが、藍の胸に顔を埋《うず》めたままでいる。

「莫迦《ばか》な」

結城は藍を説き伏せようとし、説得すべき言葉が見つからずに苦悶《くもん》した。確かに藍の言うとおりだった。この日本で、しかもGHQの占領下に置かれているという状況で、アメリカ人がどこへ逃げきれるはずもなかった。

「私たちのことはいいから、結城さん早く逃げて」

「逃げられるだけ逃げてみようという気にはなれないか？」

「同じことよ。苦しみが永びくだけの話だわ……それより、これもスミスから聞いたことなんだけど、服部猛雄が軽井沢に居を構えているのを知ってる？」

「軽井沢に？……」

「ええ」

藍は軽井沢の住所を言った。そこの東神荘という別荘に、服部猛雄は腹心の部下と共に住んでいるという。

「さあ、早くここを離れて」

その言葉を最後に、藍はスミスとの二人の世界に没入していった。

結城には、二人を救う手段も、かけるべき言葉もなかった。

「さようなら」

結城は地下室を飛びだしていった。自分が最低の卑劣漢で、しかも卑劣漢に相応《ふさわ》しくひどく孤独であるような気がした。

銃声が二発、聞こえたようだった。空耳だったかもしれない。

一〇月はじめの週、韓国軍は北朝鮮に突入し、すでに八〇マイルを前進していた。この時期、ほとんどのアメリカ市民はすでに朝鮮戦争は終ったと考えていたという。北朝鮮が無条件降伏に応じるのも時間の問題だと信じていたのである。

だがその頃《ころ》、ソ連は自国領土に対するアメリカの空爆に抗議し、中国は自国の利益がおびやかされた場合には参戦も辞さないと再三表明していたのだ。本当に眼のある人間たちは、朝鮮戦争は終るどころか、これから始まるのかもしれないという暗い予感にうちひしがれていた。

もしそんなことにでもなればアメリカは再び原爆を使用せざるをえまい、という噂《うわさ》さえ東京では囁かれ始めている。

――原爆？……

その噂を耳にした時、結城はフッとなにかが分ったような気がした。だが、そのなにかも、確とした輪郭をとらないままに、曖昧模糊《あいまいもこ》とした意識の深みへと沈んでいった。

とても、沈思にふけることができるほどの精神的ゆとりがなかったのだ。藍に続いて、もう一人結城は仲間を失うことになったのだから――。

ある夜、突然、結城は小田切誠が死んだのを覚った。多分、その存在すら知覚していなかった小田切から送られていた念波が、唐突に断ち切られたことが、結城をして、彼の死を覚らせたのだろう……。

——小田切……。

結城は祈るような気持ちで、小田切の名を唱え続けた。だが、小田切の念波が結城に返ってくることはもう決してなかった。

小田切の死を受け入れるしかなかった。

——おれが殺したようなものだ。

と、結城は思う。小田切は、食い詰めた労務者らしく見せるために、ヒロポンまで打ちながら、黙々と結城の依頼に従った。今から考えれば、すでに死を覚悟していたのだろう。

——なにを考えているのか分らない、いつもむっつりとした男だった。むっつりとして、一族の人間とはあまり会いたがらない男だった。だが、だからといって、彼が独覚一族の運命《さだめ》たる滅びを、意識していなかったということにはならないだろう。いや、おれたち以上にその運命の苛酷《かこく》さに喘《あえ》いでいたのではないだろうか。運命に反逆して、ついに反逆しきれずに死んでいった藍や、運命を無視しようとする古在と同じように、彼もまた運命《さだめ》によって生を限定せざるをえなかったはずだ。ひっそりと生きて、できるだけ早く死ぬこと

——小田切というやつは、藍は、そしておれはなんて哀れなんだろう……。

結城はその夜ついに眠ることができなかった。泣くことさえもできずに、ただ虚空を凝視して一夜を明かしたのだった。

その翌朝、配達されてきた新聞には、米大型軍用機が日本の近海で空中分解した記事が載せられていた。その軍用機に運ばれていたのが、朝鮮に向かう日本人諜報《ちょうほう》部隊であったろうことを、結城は確信している。そして、諜報部隊に潜入していた小田切が、なんらかの方法を使って、自分もろとも軍用機を爆破したことも。

2

武蔵野に朝がこようとしていた。色彩のない、凍てついた晩秋の朝であった。

ここ奥武蔵野でも、さほどは残っていない小動物たちも、あるいは地中に眠り、あるいはぶなや櫟《くぬぎ》にひっそりと身を寄せて、風景のなかに動くものはなにもなかった。いや、ないはずであった。

黒い、小石のようなものが、放物線を描いて風景をよぎり、裸木に当って跳ね返った。

爆破音が武蔵野の森に反響《こだま》した。

裂かれた裸木が、紫煙のなかに沈んでいった。枯葉がパラパラと落ちかかる。

木蔭《こかげ》から数人の男たちが飛びだしてきた。

いずれも若い、痩せこけた男たちであった。そろって顔色が悪いのは、寒さを防ぐべくろくな上衣を着ていないのと、全員が慢性的な栄養失調の状態にいるからであるように見えた。

なかの一人が言った。

「もう少し破壊力を大きくできないのか？　これじゃ犬も殺せない」

海野《うんの》だった。

「破壊力はあれで充分だ。なにも何人も殺そうというのじゃない……狙う相手が死ねば、それでいいのだから」

海野の言葉に反撥《はんぱつ》するように、眼鏡《めがね》をかけた男が言った。結核でも患っているらしく、時おり力のない咳《せき》を洩らす。

全員で七人、その残りの五人が、海野と眼鏡の男の話を黙って聞いているところを見ると、どうやらこの両人《ふたり》が彼らのリーダー格のようだった。

「杉浦《すぎうら》は自分が作った手榴弾《てりゅうだん》だからそんなことを言うが、車一台破壊できない手榴弾じゃ、爆弾とも言えないんじゃないか」

海野の口調は激しい。激しく相手をなじり、精神的に追いつめていくことが彼らの友情の唯一のありようらしかった。

杉浦と呼ばれた眼鏡の男も自説を譲ろうとはしない。

「テロに強力な武器は必要ない——手榴弾が車を破壊できなければ、相手が車から飛びだしてきたところを銃で狙撃《そげき》すればいい。それでも駄目だったら、日本刀で斬《き》りかかればいい」

「おれたちは七人しかいないんだぞ」

「それがどうした？　おれたちが革命の日まで生きられるとでも思っているのか？　おれ

たちの行為が、いずれはやってくるだろう革命の最初の引き金になればそれでいい、と言ったのは嘘だったのか」

両人は睨《にら》み合った。

「後に続くを信ず、か?」

と、誰かが言った。

「どこかで聞いたようなせりふだぜ」

その言葉が、彼らの間に張りつめていた緊張を弛緩させた。ふいに自分たちを襲ってきた白々しさに、彼らは皆一様に身体をもぞもぞと動かした。

白々しさを覚えて当然なのだ。あまりの過激な言動が災いして、彼らは共産党を除名になっていた。彼らは自分たちを革命集団と考えているが、党にしてみれば、地下細胞の一つですらないのだ。中央から見放され、孤立してしまったあぶれ集団が、ろくに弾丸も出ないライフルと手製の手榴弾とを持って軍事訓練にいそしんでいる——白々しくならない方がおかしかった。

「とにかく、もう一度、手榴弾を試してみよう。やっぱり、二発に一発は爆発しないというのはまずいよ」

一人の男が言った。抱えている古バッグから手榴弾を取りだす。その手があかぎれて、いかにも寒そうだった。

「うむ」

海野から顔をそむけて、杉浦はうなずいた。

「よし散開しよう」

海野の言葉に、彼らはのろのろと散っていった。誰もが極度に疲れていて、自分を惨めだと考えていた。

「待てよ」

ふいに声がかかった。仲間ではない、聞き慣れない声だった。

彼らの視線が一斉に声のした方向に向けられた。

小さな悲鳴をあげる者もいたし、慌ててライフルを構える者もいた。誰もが脳裡《のうり》に警官の姿を思い浮かべていた。

「誰だ」

と誰何《すいか》したのはさすがだったが、海野のその声はかすれていた。

下生えを踏み分けて、ぶなの木蔭から姿を現わした男を見て、海野は唖然《あぜん》とした。

「しばらくだったな」

と、結城は言った。眼前の男たちがぴりぴりと殺気だっているのにも、まったく頓着《とんちゃく》していない声だった。

「あんたが、どうしてここへ？……」

「驚くこともないだろう。他人《ひと》を尾行するのは、あんたのおはこだったはずだ」

「おれたちを尾《つ》けていたと言うのか」

「そうは言ってない。ただ、驚くことはあるまいと言ってるだけだ」

結城の冷やかな口調に、海野はふと眉を寄せた。どこと指摘することはできないが、今、彼の前に立っている結城は、海野が過去二回会っている男と大きく違っているような気がしたのだ。

「知り合いか」

と、杉浦が海野に囁いた。猜疑心《さいぎ》に凝り固まっているような声だった。

「いや」

海野は首を振った。

「この男だよ……そら、世耕がしきりに会いたがっていた……」

「ほうこいつか」

杉浦は大きくうなずいた。結城が独りであることを確信して、うろたえた自分に腹を立てているらしかった。結城を見る眸《め》がひどく冷酷だった。

「その世耕だが……」

と、結城が二人の会話に割り込んできた。

「死んだよ——いや、正確には殺されたと言うべきかな」

「なんだと！」

結城をとり囲んでいる男たちの間を動揺が走った。

海野にいたっては、顔面が蒼白《そうはく》になっている。

「どういうことだ？　誰が世耕を殺したというのだ？……」

杉浦が訊いた。返答しだいでは、結城をも殺しかねないというような口調だった。

現実に、二人の男がライフルの銃口を結城に向けている。

が、結城の返答は、彼らの全員を啞然とさせるほどふてぶてしいものだった。

「もちろん、どういうことか説明しよう。そのためにやって来たのだからな――だが、その前に、きみたち全員これからはおれの部下になることを承服してもらおうか。詳しい話はそれからだ」

「部下になる？……」

かすれた声で、杉浦がつぶやいた。結城の言葉を嗤《わら》いとばそうとして、嗤いきることができなかったようだ。

「ばかを言うな！」

「こいつ犬じゃないのか」

「アジトに連れていって、少し痛めつけてやろうぜ」

一瞬、結城の言葉に気を吞《の》まれたようになっていた男たちが、それぞれに喚《わめ》きだした。

「まあ、待てよ」

海野が一歩踏みだした。

「この男の話を聞いてやろうじゃないか」

全員が渋々口を閉ざすのを確かめると、海野はゆっくりと顔を結城に向けた。

「教えてもらえるんだろうな――おれたちを部下にして、一体なにをやらかそうと言うんだね？」

「軍国主義の幽霊たちを倒すのさ」

結城は応えた。

「幽霊？」

「ああ、戦争中、大陸で諜報関係の仕事をしていた連中だ。戦後になって、GHQに拾われて、今度は朝鮮戦争で活躍している……幽霊だけあって、なかなかしぶとい」

「その連中がおれたちとどんな関係がある？」

「なんの関係もない。しいて言えば、世耕が奴《やつ》らに殺されたくらいかな」

「なんだと！」

「どうだね？　奴らとやり合ってみる気にならないか」

「……ばかな！　そんなあやふやな話で、おれたちが動けると思うのか」

「動いてもらうだけじゃ、奴らを倒すことはできない――きみたちには死んでもらうことになるだろう」

結城の声は淡々としていた。淡々としているだけに、いっそうその言葉に凄味《すごみ》が加わっていた。

「どういうことだ？　おれたちが死ななければならないとは――」

海野の声はしわがれていた。

「言葉どおりの意味さ。服部機関というのが幽霊たちの名だが、その首魁の服部猛雄が軽井沢に住んでいる。軽井沢の別荘から一歩も外へ出ようとしないんだよ。しかも、部下たちに、厳重に別荘を見張らせている——奴を倒そうと思ったら、殴り込みをするしか手はないだろうが……殴り込みをした連中も、まず救《たす》かるまい」

「その救からない殴り込みを、おれたちにさせようと言うのか」

「そういうことだ」

「きさま狂っているのか!」

とうとう海野は悲鳴をあげた。

「どうしておれたちが、名前を聞いたこともない奴に殴り込みをかけなければいけないんだ?　その服部とかいう奴とおれたちとはなんの関係もないんだぞ」

「仲間を殺されて、なお無関係だと考えるのなら、それでもいいだろう——だが、これだけは覚えておいた方がいい。きみたちが真に革命を願っているとしたら、この服部という男ぐらいその目的を阻む存在はない」

耐えきれなくなったのか、杉浦が大声で喚いた。

「おれたちは今死ぬわけにはいかんのだ!」

「死ぬのが怖いのか」

結城はせせら笑うように言った。

「死ぬのが怖くて、それで戦争ごっこをしてるのか」

「なに！」

結城をとり囲んでいる男たちが怒りでどよめいた。

雰囲気が険悪になったのを察知して、いちはやく海野が言った。

「死ぬのは怖い。誰でも怖いさ——だが、それが革命への一歩になるというなら、おれたちは喜んで死ぬつもりでいる。ただ、犬死にをするのは厭《いや》だ……まして、その服部とかいう男のために死ぬのはまっぴらだ」

「教えてやろうか」

ふいに声を低めて、結城が海野に囁いた。

「な、なにをだ？」

海野の声は怯えていた。それほど、結城の表情は無気味なものだった。

「あんたの未来がどうなるかを、さ——あんたは、京都で起こる警官殺しの容疑者にされるんだ……あんたは死ぬまで裁判所で自分の無実を訴え続けることになる。時代にとり残されて、誰からも忘れられ、無残な生きざまをさらすことになるんだ」

海野はひきつったような声をあげた。結城の言葉を一笑にふそうとして、そして、果たせなかったのだ。

「ばかな——そんな男の言うことを気にするな」

と、杉浦が喚きたてようとするのを、

「あんたは首をくくる——」

一言で結城は沈黙させた。

「西陽《にしび》の当る汚い部屋で、首をくくって死ぬんだ——女のヒモになって、死んだような暮らしを送り、あげくの果てに、女に逃げられて、本当に死んでしまうんだ……」

「嘘だ！」

杉浦は悲鳴をあげた。悲鳴をあげて、激しく咳込む。

「おまえたちに見せてやろう」

結城は顔をあげて、男たちの顔をグルリと見廻《みまわ》した。その表情に怯えて、男たちは後ずさった。自分たちの手に武器があることなど、すっかり忘れてしまっているらしい。

「おまえたちの未来がどんなに惨めなものであるか、自分の眼で確かめるがいい」

その言葉が終るか終らないうちに、男たちはそれぞれに悲鳴をあげていた。呻き声をあげ、脂汗を流し、彼らはてんでに地に崩折《くずお》れていった。

確かに、それは地獄の責苦にも等しい体験だったろう。

男たちが今ありありと見ている未来の自身像は、真の革命家たらんと願っている彼らの自負と夢とを、みじんにうち砕くものであった——ドヤ街で老残をさらす者、公金横領で投獄される者、ただ生きているというだけの無気力な生活を営々と送っている者……。

「殺してくれ！」

そう泣き叫んでいるのは杉浦だった。誰もが地に転げ回り、すすり泣いていた。

「死にたければ、おれの部下になるがいい。革命を望んだ者に相応しい死に方を与えてやる――軍国主義者たちと刺し違えて死ぬことができる……」

結城の沈んだ声が陰々と響いていた。

武蔵野を冷たい風が吹き抜けていった。


同じ日の夜、結城の姿は場末の赤ちょうちんにあった。

油虫の這《は》いずり回るカウンターに独り腰をおろして、彼は黙々と焼酎《しょうちゅう》を口に運んでいた。

眼の下に黒く隈《くま》ができている。

カウンターの内部《なか》の女は、ラジオの流行歌に合わせて、首を振っている。陰気な、厭な客だと考えているらしく、結城を見る眸に険があった。

結城は女の視線に気がついてもいない。

――おれは外道だ……。

強い酒に濁った頭のなかで、そればかりを繰り返している。あの七人は死ぬことになるだろう。かいま見た自身の未来に怯えて、ただそれから逃れたい一念で、やみくもに服部機関に向かっていくに違いない。だが、おれが見せてやった彼らの未来だが……。

宿命通――ある人間の過去と未来をたちどころに見通すことができる能力。

結城はその宿命通を使うことで、彼ら七人にそれぞれの未来を見せてやった。しかし、その未来が、現在《いま》のところ可能性が高いという程度のものでしかない、ということにはあえて口を閉ざしていた。死ぬこと、それもできるだけ速やかに死ぬこと――あたかもそれだけが未来を変える道であるかのように、結城は彼らに吹き込んだのだった。未来を耐え難く思うなら、軍国主義者と刺し違えて死ぬがいい……

——しかし、変わっていく可能性を含んだ未来を、あたかも決定されているものであるかのように言ったおれの罪は深い。

許されることがない罪だ、と結城は思う。彼らが死ぬようなことがあれば、いや、死ぬのは確実に分っているのだが……そうなれば、おれは人殺しだ。

——人殺しで、一個の怪物なのだ。

そうだ。おれは怪物なのだ、グロテスクな超常能力を操る、独覚という名の怪物——滅びの運命《さだめ》は破られるべきではなかった。独覚がその超常能力を解放すれば、他人《ひと》のうえに様々な不幸がおちかかる。

ふいに、結城の頭のなかを、米軍艦載機の巨大な影がよぎっていった。いがらっぽい硝煙の匂いさえ嗅《か》いだようだった。

——だが、朝鮮では今も戦争が続いているのだ。

と、結城は思った。夥《おびただ》しい数の人間が今この瞬間にも、死んでいるかもしれないのだ。そこに独覚一族の誰かの意志が働いているというなら……なんとしてでも、おれはそれを阻止しなければならない。

——死ぬのはあの七人ばかりではない。おれもまた死ぬのだから……。

もちろん、理由《わけ》の分らぬ死を死んでいくあの七人にとって、結城の死がどんな慰めになるというわけではない。だが、他に結城にできるなにがあるだろう?

——それで独覚一族は滅びることになる。

少なくとも日本では、滅びの運命《さだめ》は全うされるわけである。薬草寺が死に、藍と小田切がそれに続いた。古在はレッド・パージで大学を追放され、杳《よう》として行方が知れなくなっている——これで、結城が服部猛雄を道連れに死んでいけば、独覚一族はまったく滅びることになる……。

いや、と結城は首を振った。もう一人いる。薬草寺の庫裡に姿を現わしたあいつ——あの恐ろしく巨大な存在に、おれはうち勝つことができるだろうか?……

残っていた焼酎を一気に飲みほし、結城は店を出た。熱くほてり始めている彼の胸に、諦念《ていねん》にも似た決意のようなものが生まれていた。


冬の軽井沢は閑散としている。その寂しい軽井沢の駅に、ある日の午後、一群の青年たちが降りたった。

軽井沢は冬を過ごすには相応しい場所ではないし、その青年たちの風体も、軽井沢には相応しいものではないようだった。揃って痩せこけた青年たちは、それぞれに古バッグをぶらさげて、中軽井沢の方角へとゾロゾロと歩いていった。

中軽井沢にある東神荘という邸《やしき》で、銃撃戦が展開されたのは、その日の夜のことであった。

深更――。

大音響と共に、東神荘の正面門扉が爆破された。

爆破されるのを待ちかねたように、数人の人影が前庭に飛び込んでいった。いずれの人影も手に銃器を持っているようだ。

邸に一斉に明りが点《とも》り、眩《まばゆ》いサーチライトの光が前庭をなめた。

カタカタという機銃掃射の音が響き、前庭に飛び込んだうちの幾人かが、地にたたきふせられた。かろうじて弾丸をよけることができた連中は、あるいは車に身を寄せ、あるいは植え込みの蔭に隠れ、それぞれに応戦を開始した。

激しい銃撃戦が続いた。

が、機銃の速射が相手では、いかんせん襲撃者たちの銃器は無力に過ぎるようだった。

事実上、彼らは前庭にくぎづけにされ、身動きできない状態になっていた。

「ちくしょう！」

と、一人の男が叫び声をあげ、植え込みから飛びだしていった。杉浦ッ、と誰かが声をあげた時には、男の身体を数発の弾丸が貫通していた。

邸の窓の一つが火を噴き、機銃音がピタリと止んだ。

杉浦と呼ばれた男が、死の寸前に投げた手榴弾が、機銃を粉砕したのだった。

なおも銃声は続いている。

また一人、弾丸の雨のなかを飛びだしていった男がいる。背中を丸め、一気に前庭を駆け抜け、そのまま邸のなかに飛び込んでしまう。

結城弦だった。

「野郎!」

玄関で待ち構えていた男が、結城に拳銃を向けた。大陸を舞台にして暗躍していた服部機関員も、生命《いのち》を最初から無視してかかっているようなこの無謀な襲撃に、さすがに色を失っているようだった。

「どけっ!」

結城が手を一振りした。そのとたんに、男の内臓はズタズタに引きちぎれていた。悲鳴をあげるいとまもなく、男は絶命していた。

結城は階段を駆け上がった。自分が今一人の男を殺したのだということを、ほとんど意識していなかった。

上階の廊下にはガラスの破片が散乱していた。きなくさい煙がうっすらと漂っていて、その煙のむこうにチラチラと炎があがっていた。

結城はまったく躊躇《ためら》わなかった。廊下の突きあたりにあるドアめがけて、まっすぐ走っていった。そのドアのむこうに、自分のめざす人物がいることを、彼は半ば本能的に知っていた。

ドアを開けた。

一〇坪くらいのかなり広いスペースに毛足の長い緑色の絨毯《じゆうたん》を敷きつめ、黒壇《こくたん》の大きなテーブルと天蓋《てんがい》ベッドとを置いた、しっとりと落ち着いた部屋だった。

そのテーブルのむこうに立っている初老の男が、結城を振り向いた。髪こそ半白になっているが、眼も、鼻も口も大きい、いかにも精力的な顔だちの男だった。

「ここはおまえらの来るような所じゃない。すぐに出ていくんだ」

と、男は錆《さ》びた声で言った。

「いや」

結城は首を振った。

「ここが、おれの最も来たかった場所なんだよ。服部さん——」

男は首をめぐらして、改めて結城の顔を見た。男の表情に浮かんでいるのは、怯えでも、怒りでもなく、たんなる好奇心のようだった。

「儂《わし》の名前を知っているのか」

「ああ」

「ほう、どうして知った?」

「同族のよしみだよ」

結城の声は囁くように低かったが、その言葉が服部に与えた反応は大きかった。彼はサッと顔色を変えて、

「独覚なのか?」

喘ぐように、結城に訊いた。

結城は黙ってうなずいた。

「そうか」

視線を床に落として、服部はボンヤリとつぶやいた。

「いつかこんな時がくるとは思っていた」

爆破音が聞こえ、服部が背にしている窓が、一瞬、燃えあがるように紅《あか》く染まった。いくらかまばらにはなったが、銃声はとだえることなく続いている。

結城が言った。

「あんたは独覚の掟《おきて》に逆らって、歴史に関わろうとした──いや、掟などどうでもいいが、あんたは、自分の目的の妨げになるかもしれない独覚一族を、世耕という男を人間爆弾に使うことで、皆殺しにしようと謀った。そこまでしながら、あんたのしていることは、進駐軍の情報機関を操って、朝鮮戦争を拡大させるということだけだ……どういうわけなんだ？ なにが狙《ねら》いで、朝鮮戦争を大きくしようとするんだ？……」

服部は悲しそうに首を振った。その蒼ざめた表情《かお》からは、とても大陸の裏面史に名を残した彼の経歴は想像がつかなかった。

「儂の意志ではなかった……弥勒がそうしろと儂に命じたのだ」

「弥勒？」

結城の表情が険しくなった。

「あんたが殺した薬草寺老師も弥勒の名を持ちだしたことがある。あんたの動きには弥勒の意志がからんでいると……弥勒とは一体なんなんだ？」

服部は首を傾けていた。結城の声を聞いているのではなく、銃声に聞き入っているように見えた。

「きみは『無嘆法経典』を読んだことがあるかね？」

やがて疲れた声で、服部は訊いた。

「いや」

と、結城は首を振った。

「読めるはずがないだろう——今はあんたの手元にあると思うんだがね」

「もうない」

「ない……？」

「ああ、弥勒の命令でね……焼いてしまったよ」

「なぜだ？　なぜ弥勒が『無嘆法経典』を焼く必要があったのだ？」

「そこに弥勒の正体が書かれてあったからだよ」

服部はボンヤリとした視線を、結城にではなく、サイド・ボードのなかのウィスキーに向けていた。最後の一杯を渇望する死刑囚のような眸《め》だった。

「弥勒の正体？……弥勒が悪しき独覚である、と書かれているとは聞いたことがあるが——」

結城は冷然と服部を促した。最後のウィスキーどころか、多分、一生ウィスキーを飲む機会もなく、世耕は死んでいかなければならなかったのだ。

「そのとおりだ――だが、悪しき独覚とはなんだろう？　いや、独覚とは一体なんなのだろう？」

「……」

「儂は遺伝のことはよく分らん。だが、自然がある特質を持つ生き物を一つだけ必要とする場合、その特質の可能性のある生き物が、少なくとも一〇は存在していなければならないんじゃないだろうか。残りの九が捨て石になるのを、自然が気にするとは思えない」

「待ってくれ！　なにを言おうとしているんだ？　まさか――」

まさかなんだというのか。結城は、頭のなかにおぼろに輪郭をとり始めているものを、どうしても言葉にできないでいた。

「そうだ」

と、服部はうなずいた。

「我々独覚は弥勒の捨て石なんだよ。我々は全員が弥勒になる資質を備えている。誰が弥勒になるかは、単に確率と偶然の働きでしかないんだよ」

「言え！　弥勒とはなんなのだ？」

「並みの独覚をはるかに凌駕《りょうが》する超常能力を備えた悪しき独覚――そして、自然から、人間を減らすように任じられている殺戮《さつりく》者のことだよ」

「たわ言だ――」

結城は呻いていた。

服部の表情は変わらない。どことなくうつろな、その声も変わらない。

「レミングという動物を知っているね。群れをなして、入水自殺をすると言われているやつだよ。だが、儂の聞いた話では、あれは自殺じゃないそうだよ。群れが増え過ぎて、これ以上増えると一匹残らず死ぬはめになる——どうやって知るのか、彼らはそのタイミングを見事に摑《つか》むことができる。そこで、彼らは行進を開始する。やがては河川に行き着くことができるから、群れの多くは溺《おぼ》れ死ぬことになる。群れの多くは溺れ死ぬが、そのおかげで、群れそのものの壊滅はまぬがれることができる……このレミングに与えられたタイミングを摑む能力——この能力に該当するのが、すなわち弥勒の存在なんだよ」

どこかで誰かが悲鳴をあげていた。すすり泣いているような、いつまでも尾をひく悲鳴だった。

結城はその悲鳴の主を羨《うらや》ましく思った。悲鳴をあげたくても、彼の咽喉《のど》はからからに渇ききっていて、まともに声をだすことさえできなかった。

服部は話を続けた。

「天敵のいなくなった人間には、大量殺戮者がどうしても必要だったんだ。さもないと、人類そのものが滅んでしまう……大量殺戮者になるには優れた能力が要求される。だから超常能力を備えた独覚たちが用意された。いつの世にも弥勒がコンスタントに出現するには、多くの独覚が存在することが前提となっているわけだ……」

「……調達《デーブァ・ダッタ》はどの程度のことまで知っていたんだ？　『無嘆法経典』にはどんなことが書かれてあったんだ？」

「さすがの調達も、人類の存続に大量殺戮者が必要だとまでは考えつかなかったようだ。ただ、独覚の超常能力がさらに強力なものになれば、その能力はやがては人の世に多くの疫災をもたらすことになる、とは見抜いていた——だから、独覚一族に滅びの掟を荷し、弥勒を殺せと命じもしたのだろう……『無嘆法経典』には、調達とブッダの会話が著されていた。むろん、ブッダも大量殺戮者になるべく能力を備えていたからね。あのまま宗教活動を続けていれば、いずれは、シャカ族でも引き連れて、アジアとヨーロッパを戦禍に巻き込むようなことにでもなっていたろう。そうならなかったのは、黙して死んでいけ、という調達の説得が成功したからだよ」

服部は口をつぐんだ。それが最後の義務ででもあるかのようによくしゃべったが、自分がなにをしゃべっていたのかさえ、ほとんど気に止めていないように見えた。

炎が窓に映えて、部屋を真っ赤に染めあげていた。

結城は訊いた。

「だが、弥勒が大量殺戮者として自然から位置づけられている存在だとしたら、アジアにしか生まれないというのは矛盾ではないだろうか」

服部はフッと笑いをもらした。

「世界中に生まれているはずだよ。『無嘆法経典』が真実をついているとすると、この世には、菩薩《ぼさつ》も阿羅漢《あらかん》も存在しない。大量殺戮者にならなかった独覚と、大量殺戮者になった独覚がいるだけのことだ。仏教そのものが、ブッダの誤謬《ごびゅう》の産物でしかない、ということになるんだ。弥勒という言葉に関わりがなくとも、世界中に異常能力を備えた大量殺戮者が生まれているはずだ——儂は、ヒトラーも弥勒ではなかったか、と考えている」

「……」

結城は沈黙した。彼のうちでは様々な思いがせめぎ合っていた。

——それでは、おれのしていたことは一体なんだったのか？……

その疑問がひときわ高く彼の胸に響いていた。もし弥勒が、自然から大量殺戮を要求されている存在だとしたら、彼を倒そうとしていたおれの行為はまったく無意味だったということになる。藍は、小田切は、そして今死んでいきつつある海野たちは、なんのために生命《いのち》を落とさなければならなかったのか……

「それじゃ、なぜ独覚一族を皆殺しにしようとしたんだ？」

声をふりしぼるようにして、結城は訊いた。炎に隈どられたその顔は、まるでデスマスクのように見えた。

「そう、その必要はなかった」

服部は顔をあげて、結城をじっと凝視《みつ》めた。

「その必要がなかったにもかかわらず、弥勒は儂にお膳立てさせて、独覚一族を皆殺しにしようと謀った。その時からだよ。儂があの弥勒に疑問を持ったのは……」

「……」

「あの弥勒は、もともとは広島にいた独覚の一人だった。一族でその存在を知っていたのは儂だけだったがね——多分、将来大量殺戮者となるべき一人だったんだろう。しかし、大量殺戮者というのは、自然が要求した範囲でのみ仕事をして、それだけの仕事がすめば、必ずなんらかの形で歯止めがかかるはずのものなんだ……ところがあの弥勒は際限を知らない」

「際限を知らない?」

「ああ、なぜだか分らない。彼が朝鮮戦争を拡大させようとするのを、その真の目的を知らないままに、儂は手伝ってきた……まさか、彼が朝鮮に原爆が使われるのを願っているなぞとは……」

「なんだと!」

「彼は広島で被爆しているのだよ。そして、原爆のおかげで、自分が他の弥勒とは違う真の救世主の資格を得た、と信じているんだよ——彼はこう言った。すでにこの世には悲惨と汚濁が満ち過ぎていて、とても独りの弥勒では救いきれない。朝鮮には、被爆すれば、彼と同じ真の弥勒になれる独覚が、一人だけ存在する。だから……」

「だから、きさまを操って、朝鮮にアメリカが原爆を落とすようにしむけたというのか」

結城はほとんど叫んでいた。蒼ざめた顔に細かい汗がいっぱい噴きでている。

「儂の役目は終った。もう誰にもこの戦争を止めることはできない。後は、彼一人の力で、原爆を落とせるぐらいのことは、どうとでもできるだろう」

眼を床に落として、服部は呆《ほう》けた声で言った。

「儂は、どうしても彼の命令に逆らうことができなかった。朝鮮に原爆が落ちることで、もう一人の弥勒が生まれ、彼らがこの世の悲惨を救ってくれるというなら、それもいいではないかと思ったこともあるが……なにより、儂は彼に逆らうのが怖《おそ》ろしかったのだ。そのくせ、朝鮮に原爆が落ちるのをこの眼で見るのも怖い……そろそろ、儂も退場する時がきたような気がする」

独白を続ける服部を見る結城の眸《め》は冷たかった。

前庭で車でも燃えているらしく、ガソリン臭い煙が部屋に流れ込んでくる。

「弥勒はどこにいる?」

結城が訊いた。

「会うつもりなのかね」

顔を上げて、驚いたように服部は言った。

「会いたい」

「そうか……」

と、服部は力なくうなずいて、

「マッカーサーをマークするがいい。いずれは弥勒の居所も分るはずだ」

独り言のように言った。それだけを言うと、もう結城には興味をなくしてしまったかのように、視線を紅く染まっている窓にそらした。その横顔がひどく年寄りじみたものに見えた。

結城は拳銃をベルトから抜いた。

「今度生まれてくるようなことがあったら、ぜひ普通の人間になりたいもんだな。なにがあっても、独覚だけはごめんだ……」

重々しいうなりが部屋をふるわせ、服部の額に赤く穴が開いた。服部はがくりと膝《ひざ》をつき、ゆっくりと床に沈んでいった。

拳銃が結城の手から落ちた。

自分が殺した男を振り返ることさえしないで、結城はふらつく足で部屋を出ていった。

銃声はもう聞こえていなかった。

――おれもすぐに死ぬ。多分、服部と同じように、独覚にだけは生まれ変わりたくないと祈りながら……。

すでに廃墟《はいきょ》のようになっている結城の胸に、その言葉だけが反響《こだま》していた。

煙がたちこめる踊り場で、ほんの短い時間、結城は立ち止まっていた。が、なにごとかつぶやくと、そのまま力のない足どりで階段を下りていった。

踊り場では、海野が死んでいた。

死者二〇名を数えるこの事件は、ＧＨＱの強い圧力によって、闇《やみ》から闇に葬られていった。この事件もまた、他の幾つかの事件と同じように、進駐軍占領裏面史にのみ記録されて、永久に人の眼にふれることはなかったのである。

が、たとえこの事件が発表されるようなことがあっても、同じ頃、アメリカ大統領トルーマンが発表した声明の前では、影が薄くなったかもしれない。

それほどトルーマンのその声明はショッキングなものだったのである。マッカーサーが状況判断を誤りさえしなければ、トルーマンもそんな声明を発表する必要はなかったかもしれない。北朝鮮軍のなかに、中国兵の姿が混じるようになっても、マッカーサーは中国の全面参戦はありえないという報告を重ねていた。その結果、戦線の中央部に攻撃を加えてきた二〇万余の中国大陸軍によって、アメリカ軍は惨澹《さんたん》たる敗走を強いられるという戦況を招いてしまったのである。かくて、アメリカ軍敗走から四日後の一一月三〇日、うろたえきったトルーマンは、次のような声明を発表することになる。

《朝鮮における原爆使用を辞せず――》

3

現実とは異なる時間、現実とは無縁の空間のなかで、一つの意識が息づいていた。その意識は、あるアメリカ人老将軍の生理を覆い、その意志までも操ろうとしていた。

その意識の射程のなかで、老将軍の思考の流れは、声となって陰々と響いている。

――おれには分らん……。

老将軍は苦悶していた。日本の地に初めて降りて以来、片時も手放すことなく、ついには彼のトレードマークのようになったコーンパイプに火をつけることも忘れて……。

――もしかしたら、おれは狂ったのではないだろうか。それとも、もう耄碌《もうろく》してしまったのか……。

老将軍はニューグランド・ホテルの自室で、独りでブランデーを飲んでいた。その眼は、窓を彩る横浜の夜景に向けられている――狂っているのだと？ 耄碌しているのだと？

……老将軍は鼻を鳴らした。なにを莫迦な、日本がまがりなりにもここまで復興できたのは、おれの力があったればこそではないか。そのおれがどうして狂ってなんかいるものか。しかし……。

老将軍の思考を声として聞き、老将軍の眼を己の視覚としてとらえているその意識は、今、闇のなかで嗤っていた。この期に及んでも、まだ自身を英雄として考えたがっている老将軍の自負を、嘲《あざけ》ったのだ。

老将軍は今、トルーマン大統領との会談を想いだしている。

《きみはそれほど中国と戦争をしたいのか》

と、トルーマンは言った。いえ、できうる限り中国との衝突は避けたいと考えています。そうおれは答えた。本心だったからだ。トルーマンはおれの言葉を信じようとはしなかった。おれの朝鮮戦争での戦略を見ていると、中国とことを構えたがっているとしか思えない――トルーマンはそう言うのだ。おれは弁解の言葉さえなかった。そうなのだ。おれは北朝鮮に中国軍八個師団が駐留していることを知っていて、それを国連へ報告しようとはしなかった。おれは中国国境地点である橋梁《きょうりょう》を爆撃した。満州側に爆弾が落ちる危険を承知の上で……誰が見ても、おれが中国軍の朝鮮介入を願っているとしか思えないだろう。だが何に誓ってもいい。おれは決して中国との衝突を望んでなんかいない。五億の中国人と戦うことの愚を、おれは充分心得ているつもりだ……そのおれがどうしてことさら中国を刺激するような戦略をとっているのか。

——おれにも分らないのだ。

老将軍は呻いた。

老将軍の思考を追っているその意識は、緊張を深め始めていた。老将軍は気がついているのだ。自身の意志になにか夾雑物《きょうざつぶつ》が入りこみ、朝鮮戦争をひどく危険な方向にむかわせていることを……。

——まるでおれは誰かに操られているみたいだ……。

老将軍がそう頭のなかでつぶやいた時、その意識の緊張は極限にまで高まっていた。ほとんど狼狽《ろうばい》していたと言ってもいい……他心智を使うか——その意識はそう考えた。他心智を使って老将軍の頭を麻痺《まひ》させ、今まで考えていたことを総《すべ》て忘れさせるか——。

が、その必要はなかった。

老将軍の思考は再びトルーマンとの会談に向けられていた。会談は一〇月一一日、ウェーキ島で行なわれた。その席でトルーマンはこう言ったのだ。

《きみは少し有頂天になりすぎてはいないか……》

その時のトルーマンの表情と声音が、今も老将軍を怯えさせている。トルーマンは、非常に婉曲《えんきょく》にではあるが、老将軍の引退をほのめかしたのだ。

——厭だ。

老将軍はチューリップ・グラスを割れんばかりに握りしめた。おれが引退する時には、名誉と栄光に輝いていなければならない。朝鮮戦争の戦略に失敗して引退するなど断じてあってはならないのだ……。

老将軍の思考を覆っているその意識は、闇のなかで瞠目《どうもく》していた。好機が巡ってきたのだ。その意識はこの瞬間を待ち望んでいたのである——今だ。今をおいて、原爆という言葉を老将軍の頭に吹き込める時はない……原爆を使え。なにを躊躇うことがある。原爆を使うのだ——。

——崔芷恵。

その意識のなかでふいに声が反響《こだま》した。それは空気を震わせる現実の声ではなかった。空気の層を貫き、飄々《ひょうひょう》と鳴る風のような声だった。

「あ……」

崔芷恵の意識は、遠方に独り座している老将軍から離れ、自分の現身《うつしみ》へと戻っている。

「結城さん……」

芷恵は呆然とつぶやいた。

「さがしたよ」

藪《やぶ》のかげからゆっくりと姿を現わしながら、結城が笑った。

戦前に廃線になった駅の構内である。枕木や鉄道用資材が積み重ねられ、山吹や薄《すすき》が一面に生い茂っている。横浜にごく近い場所にあるのだが、採算が合わないという理由から放棄され、以来訪れる人もいない。

周囲はまったくの畑地で、空に冬の月がかかっていなければ、結城と芷恵はお互いの顔を見ることさえかなわないだろう。闇のなかに金木犀《きんもくせい》が芳香を漂わせている。

「どうしてここが……？」

まだ驚きからさめていないらしく、芷恵の声は震えていた。

「マッカーサーを見張っていたのさ。すると、きみの念力を感じとった。その念力をたどって、ここまでやって来た……」

頰《ほお》に笑いを刻んではいるが、結城の眸《め》は笑っていなかった。

「執念深いのね。服部機関を潰滅《かいめつ》させたことで、もう満足したとばかり思っていたわ」

「そうはいかない——おかしいな。服部機関を潰《つぶ》されたことを、あまり怒っていないようだね」

「怒る理由がないわ。私は服部機関を嫌っていると、前に言わなかったかしら……第一、服部機関と私が関係していたとしたら、結城さんのお友達が機関に潜入すると知っていて、黙って見逃すはずがないでしょ」

「なるほど……それは、きみのしていることも見逃して欲しいという謎《なぞ》かね?」

「そうしていただけるかしら」

芷恵の声はすでに落ち着いていた。覚悟を定めたような響きさえ含んでいる。己の死を覚悟したのか。それとも結城を殺すことを覚悟したのか……。

「朝鮮に原爆が落とされようとしているのを、黙って見逃せというのか」

「そうよ……」

「莫迦な——きみのような女《ひと》が、どうしてこんなことをする?」

「弥勒がそう命じるからだわ」

「弥勒か……朝鮮はきみの祖国じゃないか。弥勒が命じたからといって、きみは平気で幾万かの同胞《はらから》を殺せるのか」

芷恵の表情《かお》に悲哀の色が浮かんだ。が、彼女の断固とした口調は変わらない。

「他にどんな途《みち》があると言うの? 私は外道におちてもかまわない。幾万かの人間を殺すことになっても、それで幾億人かの悲惨を救うことができるのなら……」

「きみは狂っている」

結城は呻いた。

「そうよ」

昂然《こうぜん》と頭を上げて、芷恵は言い放った。

「人の世の悲惨を黙視できないのを狂っているというなら、私はむしろ自分が狂人であることを誇りに思うわ」

最後通告というべきであった。いや、伊勢佐木町で顔を合わせて以来、いつかはこういう日がくると両人《ふたり》とも予感していたのだ。いつかは生命《いのち》を賭《と》して戦う日がくると……。

「弥勒はどこにいる?」

結城が訊いた。

「なぜそんなことを知りたいの」

「会いたいからだ」

「ここで死ねば、彼と会うことは不可能だわ」

その声は芷恵の美しい唇から出たとは思えないほど悪意に満ちていた。

「死ぬのがおれとは限らない」

そう応じた結城の声にも、微塵《みじん》の温かさも含まれていなかった。

「同じことだわ」

と、芷恵は嗤った。

「ここで死ななくても、弥勒にはむかえば、いずれは死ぬことになるのよ……」

「だったら、なおさら弥勒の居所を教えてもかまわないだろう」

「広島の基町にいるわ」

「え……」

「弥勒は広島の原爆スラムにいるのよ」

「……原爆スラム」

茫乎《ぼうこ》とした声で結城がそうつぶやいた時だった。一瞬の虚をついて、崔茫恵が遥《はる》か時空の外へと跳躍したのだ。

——茫恵！

結城のその叫びは、現実には声になっていなかった。すでにその時、結城も一個の精神エネルギーと化していたのである。

渺茫《びょうぼう》とひろがる異次元空間で、二個の精神エネルギーは激突した。総ての枷《かせ》から放たれ、六神通を解放しきった独覚という名の生き物が二匹、互いに白熱し、咆哮《ほうこう》を繰り返した。茫恵の悲鳴が長く尾をひいて反響《こだま》した。

ふと気がつくと、結城は、廃駅構内のそれまで居た場所を寸分離れず、呆けたように立ち尽していた。全身をぬらぬらとした汗が流れていた。

——おれは勝ったのか……。

自問するまでもないことだった。眼前には、鼻孔と口から数条の血の糸を顎《あご》にたらしている、崔茫恵の死骸《しがい》が横たわっているのだ。

——本当にこのおれが茫恵を殺したのか。

が、それでもなお、身をよじりながら結城は自問を続けるのだった。おれが茫恵を殺したのか。おれは茫恵を好きだったのに……しんそこ惚《ほ》れていたのに……

風が吹き始めたらしく、梁《はり》からなかばはがれかかっているスレート屋根が、カタカタと小刻みに音をたてていた。

4

広島基町——通称を原爆スラムと呼ばれるこの町に、いつからか一人の青年が住むようになった。

インド人を思わせるようなくっきりとした目鼻だちの、長身の美しい青年だった。彼がどうやって生計をたてているのかは誰も知らなかった。近所の人間は、青年が終日自分のバラックの前でボンヤリと坐《すわ》っているのを、通りすがりに見かけ、見かけているうちに、いつしか米や野菜を与えるようになった。

青年はなにも語ろうとしなかった。彼の名前も経歴も、一切が謎だった。彼を白痴ではないかという者もあったし、逃亡中の殺人犯だと噂する人たちもいた。だが、そんな人たちもひとたび青年の前に出ると、なにか敬虔《けいけん》な気持ちにうたれ、口を閉ざしてうつむいてしまうのだった。青年はただ悲しげに微笑《ほほえ》んでいるだけだというのに。

青年はこう呼ばれていた。

——弥勒さま。

見知らぬ他所《よそ》者が青年を訪ねて来たのは、一二月も終りに近いある日の夕方のことだった。

互いによりかかるようにして建っているバラックの庇《ひさし》が落日に赤くまみれ、そのむこうに、茜《あかね》色にかがやく冬の空が拡がっている——他所者が青年の前に立ったのは、ちょうどそんな時刻だった。

たまたま近くで遊んでいた子供たちが、両人《ふたり》の会話を聞いている。

結城弦、と他所者が名のった時も、青年はいつものように沈黙していたという。ところが、

——朝鮮の寺院から『無嘆法経典』を盗ませたのは、この世の歴史から独覚を抹殺する必要がある、と考えたからなのか。弥勒はあくまでも仏であって、独覚なんかであってはならない、とそう考えたからなのか?……

と他所者が訊くと、

——私は弥勒であらなければならない。

青年はそう応えたという。初めて青年が口をきいたのに驚いて、思わず子供たちは遊びを忘れて、両人の対話に聞き入ったということだ。

——おれたちは人間だよ。奇種の、人間でしかないのさ。

——そうかもしれない。だが、弥勒に匹敵する力を私が授かっているというのも、また事実なのだ。私は救いたい。悲惨に喘いでいるこの世をなんとしてでも救いたい……。

——『無嘆法経典』を読んだはずだ。この世に弥勒なんか存在しない。自然から大量殺戮者として位置づけられた独覚がいるだけのことだ。その大量殺戮者にしても、あまたの

独覚から無作為に選ばれただけの存在に過ぎない。

――今までの弥勒なら、それだけの存在に過ぎないだろう。だが私は違う。私は真の救世主として生まれてきたのだ……。

――原爆のことを言っているのか？

――そう、私は選ばれた存在だ。だがその私の力をもってしても、救いきれないほど、この世は悲惨に満ちている。せめてもう一人、もう一人私と同じ力を備えた弥勒がいてくれたら……

――無駄だよ。弥勒。誰もこの世を救えはしない。そして、あんたもおれの言葉に逆えはしない。

――なにを言う。なぜ私が逆らえないと言うのだ？……

おれもまた自然の意志に従って行動しているからだよ。あんたは、自然が必要とする以上の存在になってしまった。多分、原爆のせいなのだろうが、おれにもはっきりとは分らない。とにかく、あんたは大量殺戮者として失格したんだ……なぜこれほどの犠牲者をだしてまであんたを追わなければならないのか、とおれはよく考えたものだ。だが、今ならはっきりと言える。それが自然の意志だったんだ、と――おれは、狂った大量殺戮者の歯止めとして、自然から任ぜられたんだよ。

――救えないのか。私には誰一人として救うことができないのか……？

――できない。あんたは、おれと一緒に消えていくんだ……多分、あんたは近い将来、日本の大量殺戮者となるべく予定されていたんだ。それが、こんな形で消えていく。もしかしたら、日本は永い平和を迎えることになるかもしれないな。そして、予定されていた大量殺戮者がいないことで、その平和がこの国を滅ぼしていくかもしれない……。

両人《ふたり》の対話は永く続いたらしい。だが、理解することのできない話を聞いているのにあきてしまった子供たちが、それぞれに家に帰ってしまったので、その後、彼らがなにを話したかはついに知られることがなかった。

だが、もし両人の対話を目撃したのが子供ではなく、しかも彼が仏教に詳しい人間であったら、両人の姿から遠い昔の情景を連想したかもしれない。

遠い昔――西インドの荒野で、やはり夕陽をあびながら、二人の人間が永く話を交していた。後世、一人は聖者として知られ、もう一人は異端者とのみ記憶されるようになった。だが、その二人が、深い悲しみに貫かれながらも、互いに愛し合っていたのではないか、と考える者は誰もいない……。

その日を境にして、青年の姿は原爆スラムから消えた。他所者と一緒に河岸を歩いているのを目撃したと言う者もいたが、そんな噂もいつしか消えていった。

一週間後には、誰一人として青年のことを想いだす人間はいなくなっていた。

多くの問題を残して朝鮮戦争が終結を迎えた年――古在昇一は思いがけない人物を街で見かけた。かつて彼が一度だけ会ったことのある、GSのファインマンだった。

ファインマンは古在には気がつかなかったらしく、若い日本人の女と腕を組んで、雑踏のなかを歩いていった。

――あの男は生きているのか。

ファインマンを見送りながら、古在はそんな感慨にうたれていた。

独覚一族が滅びてしまったことを彼は直感的に覚っていた。結城も、小田切も、藍も死んでしまったろうことを、彼は刺されるような思いで確信していた。

――だが一体なにがあったのか？　本当のところ、なにと闘って彼らは死んだのか？

ふいに、ファインマンを追っかけていって、それを訊き糺《ただ》したいという衝動に、古在はかられた。だが、実際には、彼の足はファインマンが歩いていった方角と反対側に向かっていた。

――訊いても仕様がないことだ。

古在はそう自分に言い聞かせていた。どうせ滅びは独覚の運命《さだめ》だったのだ。結城たちにしても自分の死に不満は持っていないだろう。おれはあいつらのように早死にはしない。おれもまた早死にはしないが、一生妻帯しないことで、独覚の運命を全うするつもりだ。

独覚一族の一員なのだから……。

古在の姿は雑踏に呑まれていき、やがてすっかり見えなくなった。

本書はハヤカワ文庫（一九七六年十二月）を底本としました。

ハルキ文庫

や 2-28

弥《み》勒《ろく》戦《せん》争《そう》 新装版

著者 山《やま》田《だ》正《まさ》紀《き》

1998年9月18日第一刷発行
2015年5月18日 新装版 第一刷発行

発行者 角川春樹

発行所 株式会社角川春樹事務所
〒102-0074 東京都千代田区九段南2-1-30 イタリア文化会館

電話 03(3263)5247(編集)
03(3263)5881(営業)

印刷・製本 中央精版印刷株式会社

フォーマット・デザイン 芦澤泰偉
表紙イラストレーション 門坂 流

ISBN978-4-7584-3904-6 C0193 ©2015 Masaki Yamada Printed in Japan
http://www.kadokawaharuki.co.jp/ [営業]
fanmail@kadokawaharuki.co.jp [編集] ご意見・ご感想をお寄せください。